祝贺任国周诗词选集出版

清华岁月大学情，四校军营又几天，
国运火炬增光辉，三型影舱做贡献，
科研成果获大奖，三次立功代表会，
吟诵诗词三百首，翰墨飘香所作篇。

黄瑞松

二〇一九年一月于航天三院

黄瑞松　中国工程院院士，飞航导弹技术专家。曾任中国航天三院总体部主任，中国航天科工三院科技委主任、副院长，中国航天科工集团科技委副主任。长期从事飞航导弹武器系统研制和预先研究，历任多型号飞航导弹武器总设计师、总指挥等职务。多次荣获国家科技进步一等奖、国防科学技术特等奖，国防科技工业武器装备型号研制金奖，荣立一等功、三等功。

任国周和亲人照片集

任国周同志

1967年9月29日任国周、赵瑞湘结婚纪念照于甘肃天水

1967年10月全家福于河南淇县

前排右一和右三任国周之父母，后排右一任国周，右二赵瑞湘

1982年8月全家福于甘肃兰州

前排左二和左五赵瑞湘之父母亲，后排左一赵瑞湘，左二任国周

天高地厚父母恩，千言万语心连心

1960 年任国周于北京北海

1960 年赵瑞湘于兰铁局俱乐部

1962 年任国周于清华大学

1962 年赵瑞湘于西北师范大学

茫海姻缘成在天，人生筑梦齐向前

茫海姻缘成在天，人生筑梦齐向前

1964年任国周于清华大学毕业

1964年赵瑞湘于西北师范大学毕业

1965年任国周于沈阳

1965年赵瑞湘于天水

1965 年任国周于福建前线

1965 年赵瑞湘于天水

1965 年任国周于上海

1966 年赵瑞湘于延安

茫海姻缘成在天，人生筑梦齐向前

离别兰州到北京，迈入航天新征程

1973年7月赵瑞湘父母亲于兰州

1973年7月赵瑞湘和父母亲及欣欣于兰州

1973年7月赵瑞湘和欣欣于兰州

1978年8月任国周、赵瑞湘和欣欣、荣荣于北京后海

1981年9月任国周、赵瑞湘和欣欣、荣荣于北京

1984年5月赵瑞湘于三部大院六号楼

四口之家欢乐多，子女教育记心窝

1983年6月任国周、赵瑞湘和欣欣、荣荣于北京八达岭

四口之家欢乐多，子女教育记心窝

1990年8月庆欣欣考上哈工大

1983年6月任国周、赵瑞湘和欣欣、荣荣于北京八达岭

1995年任国周于云岗南区15乙楼读书

1995年任国周于云岗南区15乙楼包饺子

1995年任国周于云岗南区15乙楼写诗

四口之家欢乐多,子女教育记心窝

四口之家欢乐多，子女教育记心窝

1987年赵瑞湘于云岗北区东里36楼读书

1987年赵瑞湘于云岗北区东里36楼拉手风琴

1987年赵瑞湘于云岗北区东里36楼织毛衣

1990年春赵瑞湘于云岗北区东里36楼

2001年10月任国周、赵瑞湘于北京青龙湖

一生为国做贡献，阖家幸福度晚年

一生为国做贡献，阖家幸福度晚年

2002 年春节全家福于北京

前右一任国周，右二赵瑞湘和孙女宝宝

2016 年春节全家福于北京

前右一任国周，右二外孙女天天，二排中孙女宝宝

1963 年赵瑞湘油画像

注：此画是西北师范大学油画专业高年级校友习作，此画作者现查无信息。

固体火箭研究员

任国周诗词选集

任国周 ◎ 著

六十年时间空间，六十年初心不变；
六十年思想记录，六十年永恒情感。

中国文联出版社
http://www.clapnet.cn

图书在版编目（CIP）数据

任国周诗词选集 / 任国周著. -- 北京：中国文联出版社,2020.3
　ISBN 978-7-5190-4285-1

Ⅰ. ①任… Ⅱ. ①任… Ⅲ. ①诗词－作品集－中国－当代 Ⅳ. ① I227

中国版本图书馆 CIP 数据核字（2020）第 025391 号

任国周诗词选集

作　　　者：任国周	
终 审 人：朱彦玲	复 审 人：苏　晶
责任编辑：周　欣	责任校对：潘传兵
封面设计：杨　帆	责任印制：陈　晨

出版发行：中国文联出版社
地　　址：北京市朝阳区农展馆南里 10 号，100125
电　　话：010-85923063（咨询）85923000（编务）85923020（邮购）
传　　真：010-85923000（总编室），010-85923020（发行部）
网　　址：http://www.clapnet.cn　　http://www.claplus.cn
E-mail：clap@clapnet.cn　　zhoux@clapnet.cn
印　　刷：中煤（北京）印务有限公司
装　　订：中煤（北京）印务有限公司
法律顾问：北京市德鸿律师事务所王振勇律师
本书如有破损、缺页、装订错误，请与本社联系调换

开　　本：710×1000		1/16	
字　　数：195 千字		印　　张：29.25	
版　　次：2020 年 3 月第 1 版		印　　次：2020 年 3 月第 1 次印刷	
书　　号：ISBN 978-7-5190-4285-1			
定　　价：56.00 元			

版权所有　翻印必究

目 录

自　序 ··· 1
前　言 ··· 5

第一篇
故乡　亲人　小学　中学
婚姻　家庭　子女　亲友

1. 求学清华大学途中回故乡过黄河大桥纪实 ·················· 003
2. 梦乡土 ··· 005
3. 访姨母思怀 ··· 006
4. 庆新年，大宴宾朋 ··································· 007
5. 劳动—开荒　苹果—甜香 ······························ 009
6. 别父母，奔前程 ····································· 010
7. 才知淑女在身边 ····································· 012
8. 初次约会 ··· 013
9. 浣溪沙　赠瑞湘 ····································· 014
10. 北京的早晨 ·· 015
11. 麦积山下喜相逢 ···································· 016
12. 我和瑞宁登香山 ···································· 017
13. 你好，亲爱的朋友 ·································· 018
14. 首拜准岳父母家 ···································· 021

六十年时间空间，六十年初心不变
六十年思想记录，六十年永恒情感

15. 洞房花烛夜 ·· 022
16. 婚礼过后回故乡 ·· 023
17. 儿朝云梦把香烧 ·· 025
18. 飞雪京华地，瑞湘如期归 ······························ 028
19. 儿女得双全 ·· 030
20. 十年西山坡散记 ·· 032
21. 送欣儿入学北大附中 ···································· 035
22. 深切悼念岳父大人千古 ································· 036
23. 不来少林苦不知 ·· 038
24. 人生一段新路程 ·· 039
25. 一儿一女一枝花 ·· 041
26. 庆贺欣儿大喜 ··· 042
27. 百年树人展鲲鹏 ·· 043
28. 孙女玥宝宝 ·· 044
29. 忆童年放牛 ·· 045
30. 一曲和谐齐声唱 ·· 046
31. 深切悼念国庆姐夫国华大姐 ·························· 047
32. 七十大寿故乡行感怀 ···································· 051
33. 登云梦山感怀 ··· 055
34. 朝歌故里有歌声 ·· 057
35. 荣儿今天大喜 ··· 058

第二篇
清华大学　学习六年
(1958.9—1964.8)

1. 思　友 ··· 061
2. 舞会诗　二首 ··· 063
3. 念　友 ··· 064

4. 赞外甥新民 ……………………………………………… 065

5. 记志愿军凯旋 …………………………………………… 066

6. 十月革命一声炮响 ……………………………………… 067

7. 落叶新生 ………………………………………………… 068

8. 记参观人民大会堂 ……………………………………… 070

9. 建校劳动颂歌 …………………………………………… 073

10. 农田劳动诗 二首 ……………………………………… 076

11. 读革命烈士诗抄后有感 二首 ………………………… 077

12. 如梦令·庚子除夕杂记 二首 ………………………… 079

13. 病房寄出革命情 ………………………………………… 081

14. 读《好逑传》有感 ……………………………………… 082

15. 团支委会工作作风 ……………………………………… 083

16. 参观汤阴县岳飞庙 ……………………………………… 084

17. 记学打麻将牌 …………………………………………… 085

18. 喜 雪 …………………………………………………… 086

19. 青春之歌 ………………………………………………… 087

20. 冬至有感 ………………………………………………… 089

21. 记学打羽毛球 …………………………………………… 090

22. 塞外风光豪杰 天佑扬眉中国 ………………………… 092

23. 家乡土产,大家都来尝尝 ……………………………… 093

24. 庆祝清华大学第十五届学代会开幕 …………………… 094

25. 旧友新会清华园 ………………………………………… 095

26. 桃红花发有佳期 ………………………………………… 096

27. 送德全大姐新婚途中 闻化育忆记旧事吟 …………… 097

28. 工厂实习三十日纪实 …………………………………… 098

29. 为《春江花月夜》题照 ………………………………… 099

30. 我乘东风游九州 ………………………………………… 100

31. 康庄春游即兴诗 五首 ………………………………… 102

32. 赠范士华同志 …………………………………………… 104

六十年时间空间,六十年初心不变
六十年思想记录,六十年永恒情感

33. 写给傅维镶老师的信 ········· 105
34. 喜读毛主席新诗篇 二首 ········· 106
35. 贺杨德全同学入党十周年 ········· 107
36. 喜闻杨德全大姐得子 ········· 108
37. 悼王梓林同学 ········· 109
38. 悼徐有毅同学 ········· 110

第三篇
航天二院二一〇所工作九年
(1964.9—1973.8)

1. 咏 雪 ········· 117
2. 东海战士之歌 ········· 118
3. 咏东海 ········· 122
4. 第一封家信 ········· 123
5. 五好战士花赞 ········· 125
6. 庆八一抒怀 ········· 126
7. 新天水亲手开创 ········· 128
8. 天水新年晚会随笔 ········· 129
9. 把红心全部献上 ········· 132
10. 卜算子·赠周福松同志 ········· 133
11. 洋县五七干校感怀 ········· 134

第四篇
航天四院四十五室工作十一年
(1973.8—1984.4)

1. 又一次从头开始 ········· 139
2. 第一次看冰灯 ········· 140
3. 第一次坐飞机 ········· 141

4. 沉痛悼念敬爱的周总理 ························ 142
5. 深切悼念伟大领袖毛主席 ······················ 144
6. 美轮美奂彩晶灯 ······························ 146
7. 悼张守政同志英年早逝 ························ 148
8. 全体户口落北京 ······························ 149

第五篇
航天三院三十一所工作十四年，退休返聘工作十二年
（1984.4—2010.4）

1. 再一次从头开始 ······························ 153
2. 抚仙湖抒怀 ································· 155
3. 苏州雕花大楼略记 ···························· 156
4. 身肩重担第一程 ······························ 157
5. 渤海湾上放歌声 ······························ 158
6. 南国醉人不思乡 ······························ 159
7. 龙庆峡景扬四海 ······························ 161
8. 百思不解古崖居 ······························ 162
9. 井冈山精神放光芒 ···························· 163
10. 洛阳感怀　二首 ····························· 165
11. 大智大慧五台山 ····························· 166
12. 庆祝抗日战争胜利五十年感怀 ·················· 167
13. 首次进场不报捷 ····························· 168
14. 伊朗专家团生活片断　五首 ···················· 169
15. 庆香港回归祖国感怀 ························· 173
16. 九七年两度进场靶试感怀 ······················ 174
17. 六十大寿纪实 ······························· 177
18. 凯歌振兴城 ································· 178
19. 登峨眉山　二首 ····························· 180

20. 游都江堰有感 ································· 181
21. 观乐山大佛 二首 ····························· 182
22. 夜宿雷洞坪 ··································· 183
23. 国防科大结硕果 ······························· 186
24. 三项鉴定一呵成 ······························· 187
25. 飞机又落德黑兰 ······························· 189
26. 参观香河天下第一城 ························· 190
27. 四十五周年所庆 ······························· 191
28. 抗击非典（SARS）纪实 ····················· 192
29. 游八达岭野生动物园 ························· 193
30. 延庆松山森林公园游记 ······················ 194
31. 悼竺雅森老朋友 ······························· 195
32. 参观韩村河有感 ······························· 197
33. 英魂永存 悼念狼牙山五壮士 ············· 198
34. 向赵波致敬 ··································· 199
35. 欢呼神州六号遨游太空 ······················ 200
36. 登南京中山陵有感 ··························· 201
37. 祥云火炬铭志 ································ 202
38. 登良乡昊天塔 ································ 203
39. 北京植物园游记 ······························· 204
40. 喜闻火炬珠峰测试成功 ······················ 205
41. 对珠峰火种灯的赞美词 ······················ 206
42. 对登山队员的勉励词 ························· 207
43. 祥云珠峰火炬之歌 ··························· 208
44. 七十大寿感悟 ································ 215
45. 登妙高台 ······································ 216
46. 重游普陀山 ··································· 217
47. 望千丈岩瀑布 ································ 218
48. 望四明山弥勒大佛 ··························· 219

49. 潮流火炬颂 ·· 220
　　附：珠峰火炬颂 ·· 刘兴洲 221
　　刘兴洲院士与任国周研究员深厚友情的五个故事 ··············· 225

第六篇
清华大学、老同学、老同事、老朋友、老校友、老领导、老乡亲对《为祖国健康工作五十二年诗词选集》之感言录

1. 清华大学收藏证书 ··· 231
2. 读国周兄"诗词选集"有感 ·· 段清廉 232
3. 拜读任兄诗集有感 ·· 李仁海 235
4. 崔子江短信 ··· 236
5. 金永昌短信 ··· 236
6. 崔国有短信 ··· 237
7. 贾怀斌短信 ··· 237
8. 黄忠强短信 ··· 238
9. 黄萍短信 ·· 238
10. 卓彬来信 ·· 239
11. 张友先来信 ··· 239
12. 孟昭让来信 ··· 240
13. 张海门来信 ··· 240
14. 侯本学来信 ··· 241
15. 孙恢礼来信 ··· 242
16. 任宝珊来信 ··· 243
17. 靳为龙来信 ··· 243
18. 过增元来信 ··· 244
19. 朱德忠来信 ··· 244
20. 陈兆玲来信 ··· 245

21. 王祖康、陈履凤来信 ·· 245
22. 包文径来信 ·· 246
23. 徐海江来信 ·· 247
24. 王永安来信 ·· 247
25. 孙朝悌来信 ·· 248
26. 张连馥来信 ·· 248
27. 骆全禄来信 ·· 249
28. 胡梅莉、顾炳荣（顾群）来信 ··································· 249
29. 周峰来信 ·· 250
30. 郑克隆来信 ·· 251
31. 李玉山来信 ·· 251
32. 张振家口述 ·· 252
33. 纪东升来信 ·· 253
34. 庞重义来信 ·· 253
35. 张家骅口述 ·· 254
36. 于海波口述 ·· 254
37. 屈红霞口述 ·· 255
38. 孙玉芝口述 ·· 255

第七篇
航天三院三十一所完全退休生活八年
（2010.4—2018.8）

1. 在清华百年校庆力404班同学聚会上的献词 ············· 259
2. 爱妻瑞湘百日祭 十二首 ··· 261
3. 胜利之火长明火炬颂 ··· 264
4. 淇水润泽鹤壁城 ·· 265
5. 淇水托起仙鹤壁 ·· 265
6. 谢师恩 ··· 266

7. 舞友	267
8. 我的前半生自述清鉴	268
9. 思念瑞湘夫人	269
10. 梦忆出生地	270
11. 祭祖文	271
12. 故乡感怀	274
13. 赠张同茂先生	275
14. 爱妻瑞湘三周年祭 六首	276
15. 雨中情醉	278
16. 庆祝中国共产党成立九十三周年	279
17. 北京第二十九届奥运会珠峰火炬珠峰传递纪念文	280
18. 北京第二十九届奥运会祥云火炬环球传递纪念文	281
19. 建国六十五周年颂	282
20. 重阳节感怀	283
21. 赞时代庄园社区工作者	284
22. 走为上	285
23. 来广营，我新的可爱家园	286
24. 咏翟京茹门前之一棵白玉兰树	288
25. 咏祖英英门前之一棵紫玉兰树	289
26. 喜盼时代庄园社区明天更加美丽辉煌	290
27. 铭记历史	293
28. 感谢助人为乐的三位老朋友	294
29. 献给时代庄园社区合唱队的赞美之歌	295
30. 庆祝鹰击八三导弹胜利日受阅天安门广场，感怀鹰击八三导弹定型飞行试验打靶成功	298
31. 珠峰火炬颂	299
32. 郑州书画创评即席有感	300
33. 赞张同茂书画展	301
34. 丰台海选有感	301

六十年时间空间，六十年初心不变
六十年思想记录，六十年永恒情感

35. 献给时代庄园紧急事务协调小组全体志愿者	302
36. 喜读同茂先生新作草书三百首	304
37. 铭记历史 七律	305
38. 庆祝中国航天成立六十周年	306
39. 我的四十六年航天梦 二首	307
40. 一个孝字大于天	308
41. 时代庄园有梧桐	309
42. 赞云岗	310
43. 党颂	311
44. 生态保护八十字诀	312
45. 咏杨梅	313
46. 江城子·开国领袖毛泽东	314
47. 金鸡颂 二首	315
48. 庆祝香港回归二十年 二首	317
49. 赞垂柳	318
50. 咏迎春花	318
51. 赞杨杰	319
52. 桃花吟	320
53. 咏玉兰花	320
54. 海棠颂	321
55. 八一颂	322
56. 游北京后花园白虎涧	323
57. 学书有感	324
58. 咏荷花	324
59. 浪淘沙·阅兵朱日和	325
60. 状元考	326
61. 浪淘沙·瞻仰书圣故居	327
62. 欢庆十九大	328
63. 浪淘沙·筑梦明天	329

64. 白内障手术札记 ···································· 330
65. 我的昨天、今天和明天 ···························· 331
66. 诗词创作六十年感怀 ······························ 333
67. 一带一路颂 ······································ 334
68. 欢庆中国改革开放四十周年 ························ 335
69. 任国周书法艺术简历——我的后半生 ················ 336

第八篇
附录
相关工作照片集

附录一　爱妻赵瑞湘生平简历 ·························· 341
附录二　任国周的自传 ································ 342
附录三　任国周童年的几个故事 ························ 363

赵瑞湘工作成果获奖情况照片集 ·························· 373
  1. 赵瑞湘主要获奖证书 ···························· 373
  2. 赵瑞湘九年九去俄罗斯引进某项高科技项目 ········ 376
  3. 赵瑞湘翻译（与他人合作）出版的两本科技专著照片 ···· 382
  4. 赵瑞湘在天水市二中的十二幅绘画习作照片 ········ 383

任国周科研成果获奖情况照片集 ·························· 389
  1. 任国周主要证书及获奖证书 ···················· 389
  2. 任国周北京 2008 年奥运会火炬研制情况照片 ······ 398
  3. 北京奥运会火炬成果推广应用照片 ·············· 406
  4. 向武汉二中和清华大学百年校庆赠书照片 ········ 409
  5. 河南淇县高村乡罗鱼坡村老宅 ·················· 412

任国周书法作品获奖情况照片集 ·························· 414
  1. 主要参展书法作品获奖情况 ···················· 414
  2. 书法作品获得社会效益照片 ···················· 428
  3. 参加的书画协会 ······························ 429

自　序

2011年4月是清华大学百年校庆。我编辑出版了一本书——《为祖国健康工作五十二年诗词选集》，赠送亲爱的母校和老同学、老同事、老朋友，印刷三百本。这本书一印刷出来，就供不应求，社会反响好。转眼间八年过去了，我一直勤于笔耕，坚持诗词创作。今年（2018年）又是我八十大寿的日子，我想在上一本书的基础上，扩容再版，书名为《任国周诗词选集》，包含六个方面的内容：

1. 清华母校、老同学、老朋友等对《为祖国健康工作五十二年诗词选集》感言录

2. 完全退休生活八年新创作的68首诗词

3. 任国周书法艺术简历——我的后半生

4. 爱妻赵瑞湘生平简历

5. 任国周自传——我的前半生

6. 任国周童年的几个故事

对于这次扩容再版，保留了上本书中之前言，并精简了15首诗词。新选集合计247首诗。重新写一个自序，以提高对诗词创作的自觉性、思想性和艺术性的深层次理解。

在中国文化数千年的历史长河中，诗词精神一直闪耀着光芒。古代诗人用五言、七言或者四六骈文的节奏来理解世界，我们今天是白话和现代汉语，我们和古代诗人面对的并不完全是同一个世界。当前我们正处于习近平新时代中国特色社会主义思想的新时代，为实现中华民族伟大复兴的中国梦而奋斗。

六十年时间空间，六十年初心不变
六十年思想记录，六十年永恒情感

当我们走进诗词，犹如走进了另一个世界，激发起我们的好奇心，诗是言志的，有什么情意，就写什么情意。每一首诗都有一个意境，词是有牌调的，顺着那牌调填，每一首词都有一个字的独特和特有的美感特质。在中国文学史上，第一首诗一经出现，诗就成了文化的代言人。

一首诗，能绽放出艳丽花朵，感受到自然的清新，发现蓝天的广阔，学到海洋一样的知识。诗，是我们语言表达的另一种独特方式。走在林间的小路上，披着月光，感受到了"深林人不知，明月来相照"，或者坐船在湖面上，看到朵朵莲花，想到"接天莲叶无穷碧，映日荷花别样红"。有时候，如果我们观察身边的每一处景物，也许就能在其中发现一首诗，也许就能提笔唱出藏在心中的话语。

诗词告诉我们，年轻时不努力，到了年老时学习，悲伤也是徒劳，提醒我们应当珍惜时间；诗词告诉我们，之所以认不清庐山真面目，是因为自己在庐山里，教我们要认识事物的真相与全貌；诗词告诉我们，吃亏是福，每吃一次亏，就会得到一次教训，增长才智，让我们明白了失败取得教训的道理。诗词使我眼界开阔，使我始终保持对生命的敬畏，以及探索世界的热情。让我们走进诗词的大门，来到这万紫千红的诗词花园吧。

1958年9月，我进入清华大学学习，课余时间参加诗社活动，聆听北京大学教授王力的诗词讲座，由此开始业余诗词创作，至今已经六十年了，创作诗词三百余首，不但不知疲倦，还能够从中找到诗词创作的快乐，并能从诗词里得到慰藉和力量。余年已八旬，身体硬朗，思维敏捷，诗词创作又能让我在精神层面感到无限的乐趣。

有诗曰：随时感录古今事，
　　　　是日放怀天地间。

书圣王羲之在《兰亭序》中曰："后之视今，亦由今之视昔。"后人看待今人，也就像今人看待前人。尽管时代有别，行事各异，但触发人们情怀的动因，无疑会是相通的。当后人阅读我的这些拙作而斧正时，恐怕也会由此引发同样的感慨吧！

有诗曰：

诗词创作六十年感怀

六十年时间空间，

六十年初心不变；

六十年思想记录，

六十年永恒情感。

任国周

2018年3月16日于北京时代庄园

前 言

1958年9月，我由武汉二中保送入清华大学。马约翰教授提倡体育精神，加强身体锻炼。蒋南翔校长号召我们学生从大学起，为祖国健康工作五十年。

我1938年6月生于河南省淇县，二十岁进入清华园，1998年退休，后又在原单位原工作岗位上，连续返聘工作十二年，直到2010年4月，为照料爱妻瑞湘之健康，我离开了工作岗位。这样加起来，我为祖国的国防科研事业，健康工作了五十二年。送三个型号导弹上了天，获得部级科技进步奖六项，在核心期刊上发表专业技术论文九篇。特别是在2008年，为祖国研制成功北京奥运会祥云珠峰火炬系统。荣获个人一等功、二等功、三等功各一次。专家级研究员，2008年7月12日CCTV-3"艺术人生"中的特邀嘉宾之一。

我从中学时代起，就有一个遇事有感，有感而发，有发而记的写作习惯。常以诗歌的形式写在日记本上，工作手册上，学习练习本上，或写在台历上，并且乐于保存，时翻时看。从清华园之日起的这五十二年创作的诗歌，我几乎都妥善地保存下来了。

本选集共收集有172首，它是从二百余首中精选出来的。在成册时，做了个别校正，并对有关部分做了注释和附记。名曰诗词选集，有些可能实为打油诗，或顺口溜之类，但是，不管怎么说，这些诗歌都是当时当地的思想感情的真实记录，也是当时当地的工作生活的真实写照。

在这五十二年中，我有欢乐，有苦闷；有顺利，有坎坷；有犹豫，有激进；有高潮，有低谷；有成功，有失败；有经验，有教训。好在我

六十年时间空间，六十年初心不变
六十年思想记录，六十年永恒情感

都健康地走过来了，我都在健康地为祖国而工作。在休闲之余，欣然打开日记本，看见这些已经发黄的手稿，思绪万千，一时触动，我想应该整理出来，既可以反映我这五十二年学习工作生活的只鳞片爪，也多少表现了我们这一代人的情趣和理想。此外，我之所以想把这些不能登大雅之堂的诗歌，结集起来，整理成册，公之于众，当然也有"孤芳自赏""自我陶然"之意，同时也是留给子女的一点纪念吧。

爱妻瑞湘对本书全部文稿进行了认真审校，并对书中多处重要文字进行了认真修正。

今年正是清华大学百年校庆。这本小册子，是我对亲爱母校的一份微薄之礼。当老同学在清华园欢聚一堂之际，我想以此小册子作为小礼物赠送给同班的老同学们，就当作是我对同班老同学的五十二年的书面汇报吧。

任国周

2011 年 1 月 30 日

第一篇

故乡　亲人　小学　中学
婚姻　家庭　子女　亲友

1. 求学清华大学途中回故乡过黄河大桥纪实

附记：1958年8月27日晚上，我怀揣着清华大学录取通知书，在汉口车站登上了去北京的104次火车，并且决定在河南淇县车站中途下车，先到故乡看望父母亲、亲友和小学时期的同学。

8月28日下午火车通过黄河大桥，这时，我听到一个可歌可泣的故事。今年8月初，黄河上游的特大洪峰冲垮了一孔黄河大桥。铁道部下命令组织抢修。通过七天七夜的抢修，一列客车从新修复的黄河大桥上通过，万众欢呼，庆祝胜利。在一等功臣中有一名十八岁姑娘电焊工。她在这七昼夜的抢修战斗中，从没有下火线休息，有时是空中作业，有时是水下作业。我听后很激动，写几句小诗以作纪念。

    黄河上游的洪峰来了，
    惊涛骇浪，犹如万马奔腾。
    黄河大桥钢梁拴不住万匹烈马，
    烈马拔桩东去！
    钢筋水泥桥墩经不住一击一冲，
    桥断路塌火车停。

    铁道部长下命令，
    日夜作战保畅通。

十八岁姑娘电焊工,
日夜苦战分秒争。
洪峰冲不动姑娘的钢铁意志,
狂风吹不灭姑娘心的火红。

苦战七昼夜,
黄河大桥抢修通;
一列客车缓行过,
万人欢呼庆车通。
十八岁姑娘电焊工,
功臣榜上有芳名。
我愿姑娘再前进,
学生国周向你学习和致敬。

1958 年 8 月 28 日写于火车上

2. 梦乡土

昨夜梦返乡土，会见父母乡亲及童友。正在举家欢乐之时，忽梦醒。原来，我的上床诸惠民同学正在起床，准备启程回上海度寒假。此刻忆记梦境倍乐，以诗记之。

轻舟破雾回乡土，乐见乡亲拜童友。
同声齐赞父业绩①，众人倍乐情更悠。

家乡亲友安度生，北廓铁红南廓青②。
枕戈以待春雷动，五星红旗倍增荣。

1961年2月4日写于清华园

注：
①父亲任长安，1960年河南省汤阴县劳动模范。1960年12月20日汤阴县报上有专访。当时撤销淇县，划归汤阴县。
②家住鱼坡村。在村庄的北岗上是大办钢铁的生产基地。村庄南部是一望无际的平原。

3. 访姨母思怀

  姨母家，贫农。在小学时候，我曾在此居住。姨母照顾我无微不至。那时，我才十一二岁。姨母对我比她亲生的子女还好。我在这里得到了启蒙，是我的学校生活的开端。我对姨父母总是充满敬爱。今天到姨母家，感觉亲切。特以诗记之。

少小读书姨母爱①，毕业第三成绩优。
表兄弟妹同锅饭②，一席共枕乐悠悠。

少小读书老师爱，聪明老实品学优。
一忆少年三小事，学友今日遍九州。

1961年7月30日写于淇县鱼坡村

注：
① 1949年10月11岁时，到淇县迁民村姨母家住宿，读小学三年级。村上有公立淇县第三完全小学。1952年7月高小毕业。
② 与表兄纪载全、表弟纪载德，同吃住，同学习。

4. 庆新年，大宴宾朋

——庆丰收兼庆全家大团圆

今天晚上，我们家邀请客人到我家共庆新年。他们是任明安、任守安、任春安、任国堂、任国印、任国顺、孙同云、孙炳贵、任国会、张浩然、刘德祥。

众人饮酒非常高兴，父母十分高兴，我们兄弟两人也十分高兴。酒兴尚浓，作诗以记。

宾朋满堂，
猜拳饮酒忙。
今宵不为别事，
丰收年新春同堂。
国海十年寒窗，
辛丑十月登校场①。
吾亦十年寒窗，
壬寅正月回故乡②。
双亲双子逢双喜，
贺新春寄语美好愿望。

酒酣肉香庆新春，
席内席外全佳人。

乘着明灯洒一桌清影，
席间人共举酒杯轻轻。

1962年2月12日写于淇县故乡

注：
①国海弟初次任小学教师的地方。
②吾自1952年7月到武汉二中求学，直到1962年2月，其间有十个春节没有回家过春节。

5. 劳动—开荒　苹果—甜香

——记参加生产队苹果园植树劳动

金色阳光多灿烂，兄弟甥女植果园①。
新的雨露新的土，新的劳动干得欢。

金色阳光多灿烂，果实累累枝压弯。
四年后吃上鲜苹果，四年前口里更香甜。

金色阳光多灿烂，兄弟甥女植果园。
桃子裂开小红嘴，苹果个个像饭碗。

金色阳光多灿烂，社员个个劲冲天。
期盼年年大丰收，幸福生活早实现。

1962年2月13日写于淇县故乡

注：

①我和国海弟以及外甥女崔秀清，春节回家拜年，参加了生产队的苹果园植树劳动。

6. 别父母，奔前程

时间在飞驰，转眼之间已是9月25日，该奔向工作岗位报到了，心中无限感慨。有诗云之。

敬爱的父母亲啊，
　　今天该是我辞别您老人家的时候了！①
　　但我真是舍不得离开您老人家啊！
这是因为：
　　您老人家生育了我，
　　您老人家又培养了我。
　　但我又不得不辞别您老人家！
这是因为：
　　党给了我知识、力量和武器。
　　党教我懂得了生来为什么，
　　　　　　死去为什么！
　　光荣的战斗是人生的最大幸福，
　　艰苦的劳动是人生的最美凯歌！

敬爱的父母亲啊！
我要辞别您老人家，
奔向祖国最需要的天涯！
在那里战斗、

开花、

结果！

请您老人家听着儿子的光荣消息吧！

1964 年 9 月 25 日写于淇县故乡

注：

①清华大学毕业分配至中国人民解放军炮兵科学技术研究院（总字140 部队），要求 9 月 30 日报到，报到地点辽宁省沈阳市东大营。

7. 才知淑女在身边

京城迎春花才开，我到中科所计算①。
不日连馥也到京，车道沟里把话谈②。

连馥本是女教员，天水二中化学开。
工作需要调入所，今朝出差北京来。

连馥搭桥渭水畔，天水二中女青年。
英语俄语都会教，外貌天水一春天③。

编好程序往回赶，登科伴我相亲来④。
天水二中水房边，亭亭玉立女青年。

短发眼镜秀色含，蓝格上衣一字衫。
一带布鞋窄裤管，端庄秀丽女青年。

初识初语初相伴，姑娘芳菲初绽开。
本是高知一长女，才知淑女在身边。

1967年3月7日写于天水五室

注：
① 1967年春节刚过，即到北京中国科学院计算技术研究所出差。

②五机部机械研究院北京车道沟招待所。

③我们在北京出差的男青年，常把漂亮的北京女孩称作北京的春天。

④杨登科，我的好友，时任工程组组长，后升任二一〇所所长。

8. 初次约会

初次约会东关外，
五里铺南点将台①。
携手共度七里墩，
潺湲河水流渭南。

天水三月迎春开②，
姑娘伴我心觉宽。
垂柳婀娜多奇姿，
我爱春天花争艳。

1967年3月14日写于天水五室

注：

1. 相传为三国的诸葛亮点将台，位于天水市东关外五里铺南侧，天水步兵学校大门的对面。

2. 天水地势高，比北京晚一个节气。

9. 浣溪沙　赠瑞湘

夜夜相思渭水畔，
悠悠明月更晓残，
京华三月衾被寒①。
天水千里情似海，
共勉齐力红又专，
问伊何时入帏幔。

1967年3月31日写于北京中关村中科院招待所

注：
①在三月下旬又来北京，到中科院计算所继续出差。京城三月桃花艳红，但室内停了暖气，时感冷冷的，特别是夜间。思绪万千，有感而发。相思之意，书赠瑞湘。

10. 北京的早晨

——赠瑞湘

北京晨光，
霞光万丈①。
刺破长空，
大地闪光。
万顷东海腾金焰，
喜马拉雅万里光。

天水姑娘，
秀丽端庄。
教书育人，
心红眼亮。
教育战线立壮志，
宝塔山下心向党②。

1967年4月12日写于北京中关村中科院招待所

注：

①一日，到香山鬼见愁（香炉峰）观日出，思绪万千，有感而发。书赠天水姑娘瑞湘共勉。

②系指1966年12月，瑞湘参加学校组织的师生长征队，由天水徒步到革命圣地延安，参观延安毛主席故居等。

11. 麦积山下喜相逢

六七春风拂陇东①,五月麦积桃花红。
英华秀云伴伊行②,马跑泉过玉兰迎③。

自行车骑六十里④,麦积山下喜相逢。
一身春装裹丽质,一束鲜花捧怀中。

并肩同游仙崖顶⑤,集体照里首合影。
万山丛中一靓女,欢声笑语话前程。

麦积山游情谊增,天水河畔话人生。
一轮明月成双影,才知天晚该回营。

1967年5月2日写于天水五室

注:

①当时我所在的工作单位五机部六所,位于甘肃天水县二十里铺。

②尚英华、夏秀云夫妇是我的好朋友。他们背着我,亲自到天水二中,约瑞湘参加全所组织的五一春游麦积山。其目的是尽早亮相,加快促成。但我感到突然,没有乘所里的大卡车同行。汽车开走后,指导员陈茵认为事关重大,必须骑自行车追行,否则瑞湘同志会有想法的。

③过马跑泉向南有一座郭沫若题词的双玉兰堂古寺。

④陈茵、杨登科、刘世元陪我同骑自行车，路经马跑泉和双玉兰堂到达麦积山下。

⑤麦积山之旁还有古迹名胜仙人崖。

12. 我和瑞宁登香山

麦积会后来北京①，未名湖畔见瑞宁。
北大学生高才生，不识香山香炉峰。

香炉峰高上千尺，我和瑞宁同攀登。
蓝天碧水林如海，秋色秀出九芙蓉。

眼镜湖畔寻捷径，玉华山庄听涛声。
鬼见愁兮不虚名，双清别墅惊雷动。

瑞宁睿智思敏捷，强我一介清华生。
勉我厚待姐丽丽，丽丽百合花本名。

1967年5月10日写于北京中关村中科院招待所

注：

①我在1967年5月初，又到北京中科院计算所完成一项计算任务，时间长达近一个月。

13. 你好，亲爱的朋友

——在北京寄语天水河畔的伊人

你好啊，
年轻有为的朋友！
你爱春天，
你爱波浪，
你爱麦积山的春风。
但是，
一想到仙人崖顶的合影，
你的思绪，
就会进入幸福的梦境，
就像进入百花争艳的花丛。

你好啊，
勤奋好学的朋友！
你爱知识，
你爱真理，
你爱劳动。
但是，一想到天水河畔的亲密握手，
你的心弦，
就会迸发出美妙的歌声。

你好啊,
教书育人的朋友!
你爱生命,
你爱幸福,
你爱学生。
但是,
一想到肩负的教书育人的历史使命,
你的教鞭,
就会像鲁迅那样果敢英明。

你好啊,
热爱生活的朋友!
你爱工人,
你爱农民,
你爱战士。
但是,
一想到延安宝塔下的艰苦岁月,
你的脚步,
就会快速迈进专心教育战线的洪流。

是啊,
在碧波荡漾的颐和园昆明湖畔,
我看见,
有年轻人双双牵手在西堤玉带桥上。
在百花争艳的北京中山公园,
我看见,
有双双情人拥抱在花丛径间。

是啊，
青年人的爱情，
就像春天，
就像花园，
就像鲜花。
在学习中，
在工作中，
在劳动中，
孕育，
萌芽，
生长，
开花，
结果。

1967年5月29日写于北京车道沟招待所

14. 首拜准岳父母家

我和永昌包头行①,火车中转兰州停。
五泉山下铁新村,首拜准岳父母翁。

首度登门带何礼,真是难倒我书生。
还是瑞湘替我想,两斤糖果伴我行②。

兰铁新村处长院,连体别墅一栋栋。
三室一厅一厨卫,一家一户一门庭。

白色短袖黑长裤,风华正茂科研兵。
进门自报国周名,礼让坐下茶水迎。

首问家乡父母好,又问清华读书声。
有问怎么到天水,又问工作可安定。

有问有答细细讲,准岳父母仔细听。
家宴款待准贤婿,亲送院门招手停。

准岳父兮态度明,钟爱一介清华生。
准岳母兮有所想,基本态度亦赞成。

卓老太太最满意,瑞宁小妹还在京③。
我和永昌初评估,兰州之行真成功。

1967年6月25日写于包头五机部一所招待所

注:
①金永昌,我的好朋友。后调北京总参二部。
②在北京出差时,买的什锦糖果。
③赵瑞宁,北京大学学生。

15. 洞房花烛夜

1967年9月29日晚上,在天水二十里铺研究所的礼堂,举办国周/瑞湘、福松/孙毅集体婚礼。大唱革命歌曲和毛主席语录歌。有北京什锦糖果、天水花牛苹果和大前门香烟款待同志们。场面热闹非常。后入住半山坡上的一间干打垒的新婚房。

洞房花烛女,馨香盈袖怀。
温情脉脉语,春潮盈盈来。

一夜青春雨,杨柳发华滋。
喜待重阳日,听侬含羞语。

1967年10月1日写于天水二十里铺

16. 婚礼过后回故乡

婚礼过后回故乡,会见亲友拜高堂。
武汉大姐专程来①,迎接大弟美新娘。

国俊国柱车站接②,国海青梅村头望。
高堂双亲换新衫,大姐煨好红枣汤。

我和瑞湘并肩走,村里乡亲站两旁。
也有顽童跑前后,跟着国周看新娘。

走进家门喜洋洋,高堂双亲忙迎上。
深深弯腰齐鞠躬③,母亲急忙扶新娘。

国堂哥,小玲娘④,国彦哥,有清娘⑤,
国庆哥,玉喜娘,齐来祝贺看新娘。

三大娘,七大娘,村支书,老村长⑥,
儿童团,老团长⑦,齐来祝贺看新娘。

热热闹闹大半天,熄灯时分进新房。
不设洞房不闹房,一觉睡到大天亮。

高堂双亲身健康，率领全家看舅娘。
朝歌北关东街上，两位舅家迎新娘。

朝歌照张全家福，幸福时刻全记上。
高高兴兴五天假，祝福祝贺声满堂。

临行带给亲家礼，红薯装了两大筐。
家乡红薯酣又香，带给兰州尝一尝。

兄弟二人全成家，高堂双亲心花放。
祝福早生儿和女，抱着孩子回家乡。

1967年10月11日写于天水五室

注：
①武汉大姐和她小儿子崔新成（12岁）一同来家。
②火车到高村车站是10月2日中午12点左右。任国俊，磁县火车站干部；任国柱，鹤壁市郊区人民公社干部。
③我和瑞湘向高堂双亲行鞠躬礼。
④任国堂，高村桥车站搬业社工人。
⑤任国彦，海军干部。任国庆，生产大队干部。
⑥元喜，大队支部书记。任明安，老村长。
⑦任国印、孙炳贵，原儿童团老团长。

17. 儿朝云梦把香烧

——深切怀念慈母关氏

天下母子情,人说有感应。
吾与慈母心,就有一佐证。

七二国庆前,吾到京出差。
车过故乡时,下车回家看。

西安名特产,父母尝尝鲜。
孙子周岁照,爷奶好喜欢[①]。

在京一个月,常把父母念。
总感心不静,慈母多思念。

十月二十三,火车回西安。
车过高村桥,又下车看看。

下车天已晚,路上黑一团。
临近吾家院,似有手电闪。

一步跨进院,才知满院人。
让出一夹道,直通西屋门。

吾感心诧异，吾感心压抑。
吾心生预感，直奔里间门。

慈母床上卧，双眼微闭合。
呼吸有节律，神智似恍惚。

吾忙跪向前，连声喊妈妈！
妈妈睁睁眼，看见我来啦！

妈妈动动嘴，口中不出声。
妈妈欲抬手，似乎无反应。

吾弟走向前②，把我双手握。
口中连连说，哥来真巧啊！

今天中午饭，吃得均正常。
刚过两点半，头晕心发慌。

青梅赤脚医③，拿药先服上。
再到卫生院，请医到家访。

医生下诊断，抢救无希望。
重度脑溢血，后事快商量。

医生刚送走，弟正无主张。
不知哥在哪，哪知哥天降！

二十四日晨，慈母乘鹤去。
享年七十二，魂归朝歌里④。

慈母农家女，小脚不识字。
聪明又贤惠，知古多才艺。

慈母讲故事，悉心教育子。
四岁融让梨，孟母择邻居。

不吃苦中苦，难做人上人。
少壮不努力，老大徒伤悲。

慈母心灵巧，剪纸手艺高。
新春办喜事，乡亲前来找。

慈母人品正，乡里威信高。
搀伴新娘子，掀开新花轿。

呜呼慈母去，呜呼尽号啕。
云梦山里多歇息，儿朝云梦把香烧[5]。

1972年11月2日写于陕西户县二一〇所

注：
①孙子欣儿，1971年8月16日生。
②吾弟国海，在鹤壁市工作。利用星期日回家休息，本计划10月24日回单位。
③吾弟媳青梅时在大队卫生室当赤脚医生。
④朝歌镇北关是吾母亲的出生地。
⑤云梦山是淇县境内的一座名山。乡亲们都说人死后的灵魂全到云梦山。

18. 飞雪京华地,瑞湘如期归

—— 记瑞湘四院河津干校归来

书记动员会①,干校要报名。
各组下指标,任务必完成。

干校凡上过,均可不再去。
瑞湘计划组,报名排第一。

七五年三月,首批人出发②。
山西河津县,四院干校家。

欣儿才三岁,问妈哪天回。
妈说到年底,欣儿不明悉。

妈妈又比喻,下雪妈就回。
欣儿点点头,似懂非懂事。

干校第一批,领导很重视。
组长亲来看,气灶先奖励③。

美华缝棉猴④,娇云连罩衣。
培青包理发,尔权送玩具。

幼园曲阿姨⑤，疼爱胜孙子。
班上做游戏，常常抱怀里。

马圈小朋友，玩时一大群。
彼此多谦让，教育高水准。

一年尚平安，未曾生病疾。
欣儿为理发，也有顽皮时。

有次要理发，不让杨叔理。
骑车到云岗，又要杨叔理。

骑车回马圈，杨叔刚要理。
又要去云岗，坐下仍不理。

折腾两三回，脾气已生起。
痛打屁股蛋，巧碰曲阿姨。

春夏秋风去，冬天北风起。
飞雪京华地，瑞湘归到期。

欣儿看见妈，瞬间生犹豫。
妈妈拍手叫，泪洒妈怀里。

两只小乌龟，破涕又惊喜。
深深母子情，飞雪终团聚。

1975年12月写于北京四十五室

六十年时间空间，六十年初心不变
六十年思想记录，六十年永恒情感

注：
①四院四十五室，时任书记秦长宁，瑞湘当时在计划组。
②首批去河津五七干校的有赵瑞湘、侯楚君、于兆范、郭希贤等五人。
③时任计划组长赵鉴。在 1975 年 6 月，开始少量使用液化石油燃气灶，对去干校的家庭，优先奖励使用。
④欣儿原由妈妈给理发。杨培青的理发技术水平最高。
⑤曲阿姨是三院军管一位高干的夫人，年过半百，已有孙子了。

19. 儿女得双全

——记荣儿诞生抒怀

刚进办公室①，即闻电话声。
医院席大夫，报喜瑞湘生。

昨夜剖腹产②，母女均健康。
快来医院看，别忘带喜糖。

骑车到医院，瑞湘身健康。
医生护士在，细说短和长。

昨夜十时后③，胎动进产房。
顺利剖腹产，没告来陪床。

本想提意见，看亦不便讲。
甜甜乖乖女，心花齐开放。

武汉大姐来，专程看瑞湘。
烹饪南方味，产后保健康。

大姐来北京，心中喜盈盈。
看过金銮殿，逛了王府井。

到过颐和园，上了八达岭。
天安门广场，尚有一合影。

户口报内蒙④，小名叫荣荣⑤。
源自辞海意，欣欣又向荣。

四十得一女，儿女得双全。
精心细培养，又一栋梁才。

1978年4月24日写于北京四院四十五室

注：

① 1978年4月24日上午8时上班。本想到组内报到后即去731医院。

② 我们是在4月23日晚上8时后才离开医院的。当时席大夫说，"都回家吧，今天肯定平安无事。有情况，就通知。"

③ 当时医院规定剖腹产属于常规手术，不需要家属签字，当时夜已经深了，又家中都没有电话。

④ 当时四院四十五室的户口所在地是内蒙古呼和浩特市四院东门派出所。

⑤ 欣欣是兰州姥爷起名，查《辞海》曰："木欣欣以向荣，泉涓涓以始流"。

20. 十年西山坡散记①
（1973—1984）

云岗西北隅，六建工程棚②。
俗称西山坡，正名田城东。

东临三部院，西望山太行。
南界靠铁道，北连荒山岗③。

三院拓荒人，一代大学生。
新婚无居处，云集山坡顶。

一家一间房，面积十六平④。
门前搭偏栅，独户独门庭。

首都北京城，严格计划生。
英明周总理，两个正适中⑤。

山坡人丁旺，小童好儿帮⑥。
嬉笑乐天地，和谐又欢畅。

广阔西山坡，儿童大乐园。
一年四季节，少儿趣万千。

有的采野花，有的采桑叶。

有的扑蝴蝶，有的捉蚂蚱。

有的戏螳螂，有的捉蝈蝈。
有的斗蛐蛐，有的掏麻雀。

有的玩跳绳，有的滚铁环。
有的跳方块，有的堆雪玩。

房后有菜园，工余勤耕种。
一年四季菜，采摘鲜灵灵。

春日割韭菜，夏摘柿西红。
秋季果满架，冬贮白菜葱。

饭后门前坐，和睦居邻家。
女者织毛衣，男者话天下。

青青园中葵，朝朝旭日升。
秋节悄然至，焜黄果实丰。

粉碎"四人帮"⑦，改革又开放。
生活日改善，广厦立云岗⑧。

楼房两居室，人人都梦想。
告别西山坡，奔向新希望。

1984年4月写于四院四十五室

注：

①1973年至1984年，在田城东里（西山坡）大门外的七间房（俗称马圈）南头的一间平房内，一家四口人住了十年有余。1984年首次入住云岗北区东里36号楼二居室。临别之际，有感而发。

②据说，此处原为20世纪60年代建设云岗的北京第六建筑公司的施工工人的临时宿舍工棚。

③在20世纪70年代末和20世纪80年代初，在荒山岗上先后建成了云岗三中和云岗三小。

④平房一间十五六平方米。

⑤当时周恩来总理提出的计划生育政策是"一个嫌少，两个正好"。

⑥仅大门外的小童有欣欣、荣荣、小航、勇前、绍华、绍文、开华、开云、曹彦、曹彬、杨明、杨峥、海鹰、海燕、大海、小海、舒波、舒涛、舒涌、李涛、李波、岳峥、岳波、黄荣、黄林、谭微、谭雷、李娜等。

⑦1976年10月，党中央一举粉碎王洪文、张春桥、江青、姚文元"四人帮"。

⑧从20世纪80年代初，三院各单位开始建设居民楼，例如三十一所的云岗西路10号院，四十五室的北区36楼。

21. 送欣儿入学北大附中

云岗一中三年整,班级总在前五名①。
全校排名五十内,重点中学方向定②。

中考成绩真水平,市级三好分没用③。
北大附中囊中物,高中还要下苦功。

高中初中大不同,学科深浅无止境。
全市精英齐相聚,三年之后各西东。

劝儿时间若有空,听听燕园读书声。
寻寻清华善斋路④,图书馆前有闻亭。

1987年8月22日写于北京三十一所五室

注:

①在云岗一中,同班的精英里有郑全、罗晓文、宋坪、黄颖等。

②同年级有12个班,大约600名学生,约有百分之十学生可考上北京市重点高中。

③欣儿的中考成绩是语文89分,数学100分,英语96分,物理100分,化学99分,总分579分。欣儿初中毕业时被评为北京市级三好学生,按规定可加分12分,但加分没有被用上。

④欣儿的姥爷在清华读书时住过善斋,我在清华读书时住过平斋。善斋与平斋相邻。

22. 深切悼念岳父大人千古

宁波出差进门庭①,忽闻岳父报病重。
急奔医院看病情,长女瑞湘陪护中。

先听瑞湘详陈述,再寻医生问究竟。
乞求医生施绝技,拯救岳父康复生。

瑞湘和我亲护理,三天三夜不离影。
一十三日午夜时②,岳父大人乘鹤行。

岳父大人七十二,铁路桥涵真精英。
清华土木高才生③,毕业追随茅以升。

钱塘大桥献青春,浙赣铁路立大功。
沪宁线上呕心血,兰新线上建新功。

八二退休心不爽,八三患上帕氏症。
退休生活少享受,八四求医来北京。

北京医院有远亲,总理专家亲治病。
帕金森病可确诊,但无良药祛病症。

手术治疗年纪大，只有多巴胺适症。
静心调养宜平静，减缓病症延年生。

四年病症日加重，渐不认人识西东。
行走直立步不稳，吞噬困难日显明。

衣食起居难自理，久病卧床褥疮生。
骨瘦嶙峋手震颤，又见大人失语声。

亲生女儿心绞痛，回天乏力无硬功。
千呼万唤魂归去，极乐世界享安宁。

兰铁局长亲治丧，光明三报讣告登[4]。
母女三人兰州行，追悼大会泣悲声。

兰铁痛失赵老总[5]，清正廉洁袖清风。
为人师表众思念，功德楷模齐称颂。

大人一生追革命，安息八宝留英名[6]。
儿女不忘大人恩，年年清明寄哀情。

1987年11-12月写于北京三十一所

注：

① 我在1987年10月29日到上海出差，并到宁波参加中国宇航学会年会。11月11日上午回到北京。

② 1987年11月13日23：40岳父大人乘鹤远行。

③ 岳父大人于1939年西南联大清华土木工程毕业，同班同学中有姚依林、陈舜尧等到延安参加革命。

④系《光明日报》《甘肃日报》《人民铁道报》。

⑤1982年秋，在兰州铁路局总工程师岗位上退休。曾任甘肃省政协两届常委。

⑥由铁道部政治部提供证明副局级干部文件，岳父大人骨灰安放在北京八宝山革命公墓。

23. 不来少林苦不知

——带欣儿游少林寺感怀

千年古刹少林寺，^①
牧羊一曲话传奇。
少林功夫扬天下，
不来少林苦不知。

1988年7月25日写于河南郑州市一招待所

注：

① 1988年7月23日，带欣儿到鹤壁看望国海弟一家。后又经郑州到嵩山少林寺一游。亲眼看见武僧们练功留下的深深凹坑，十分感动。

24. 人生一段新路程

——欣儿求学哈工大赠言

转眼一过三年整,欣儿高中毕业生。
报考志愿要选择,第一志愿保成功。

一模成绩五五〇,难当北大清华生。
第一志愿哈工大,攻读计算机工程。

高考成绩五六〇①,第一志愿榜上名。
清彦力欣波三人②,父母送站到北京。

欣儿离京赴关东,慈母一阵心头痛。
衣食住行靠自理,半年才见儿面容。

吾勉欣儿话当年,武汉只身来北京。
自力更生勤磨炼,知苦才知感恩情。

大学思想要进步,入党不作目标定。
爱党爱国爱人民,人生品德学雷锋。

大学书海苦作舟,自强不息永攀登。

锻炼身体不能忘,健康第一牢记清。

大学四年飞快过,人生一段新路程。
心中目标要牢记,考回北航研究生[3]。

1990年8月30日写于北京三十一所

注:

① 7月27日北京高考成绩公布。原四十五室子弟中的同届精英有舒清彦565分,任力欣560分,曹彦559分,谭雷565分,林建京520分,盛明542分,全考上了全国重点大学。

② 舒清彦、任力欣、陈波三人同行到哈工大报到入学。

③ 后来的结果,任力欣在清华大学计算机工程系硕士研究生毕业。

25. 一儿一女一枝花

——庆荣儿入学北京十中

春日才见杨柳绿，秋风又见菊花黄。
年轮飞过十五转，荣儿十五谱新章。

中考成绩五二六，北京十中上红榜。
云岗一中创佳绩①，更上一层要图强。

思想品德重修养，树立目标铸理想。
苦读高中三年书，考上大学家希望。

欣儿攻读哈工大，荣儿大学紧跟上。
一儿一女一枝花，阖家幸福庆吉祥。

1993年8月16日写于北京三十一所

注：

①荣儿在云岗一中同年级的约有400人，荣儿的排名通常在50—70名之间，按常规能考上丰台区重点学校。在班上担任副班长，少先队大队委。

26. 庆贺欣儿大喜

欣儿新婚大喜成,红色起亚通州迎①。
绵绵春雨京华地,春润柳绿桃花红。

云岗饭庄阖家宴②,乐曲响起舞翩翩。
欣昊携手共起舞,一曲一步一陶然。

同窗学友连理枝③,永结同心百花开。
相敬相爱白头老,早生贵子阖家欢。

1998年4月6日写于北京三十一所

注:
①新娘的父母当时住在通州区北关李庄。婚车租用两辆红色起亚轿车,途经北京长安大街和天安门广场直达云岗。
②婚宴为双方两家亲人的欢庆家宴。
③新郎新娘在哈工大是同班同学。

27. 百年树人展鲲鹏

——记故乡院中植树

辛丑二月故乡行①，
兄弟和谐昱春风。
祭奠父母拜列宗，
亲植松柏尽孝忠。

松柏初植三尺蓊，
十年树木育精英。
郁郁葱葱长安院②，
百年树人展鲲鹏。

2001 年 2 月 23 日写于淇县故乡

注：

① 1999 年春，对老家西屋进行了大修。原本计划在坟上立碑，但未实现，后改为在坟上和老家庭院植树。2001 年 2 月，兄弟二人和青梅在坟上植树 2 株，并在庭院植树 8 株。松柏树苗是由国海弟的同学魏安威在鹤壁苗圃购置。

② 父名讳长安也。

28. 孙女玥宝宝

——为玥玥周岁照题

孙女玥宝宝①,眼睛亮晶晶。
眉毛浓弯弯,头发黑油油。

孙女玥宝宝,脸蛋红扑扑。
脑袋机灵灵,小嘴胖嘟嘟。

孙女玥宝宝,阖家乐陶陶。
奶奶笑盈盈,爷爷唱好好。

孙女玥宝宝,姑姑添笑笑。
妈妈喜洋洋,爸爸歌滔滔。

2002年5月16日写于北京三十一所

注:
①孙女玥玥,2001年5月16日生,小名宝宝。为全家带来了无限欢乐。

29. 忆童年放牛[①]

太行东麓淇河边,
鱼坡一片禾良田。
北洼地连上千亩,
西岸岭上牧草鲜。

村童放牛少扬鞭,
放去收来得自然。
日暮碧云芳草地,
老牛进家不须牵。

2002年4月清明节写于淇县故乡

注:
① 2002年4月回故乡扫墓,并对所植树松柏浇水和管理。在与村里同龄人谈及童年趣事时,有感而发。

30. 一曲和谐齐声唱

——悼念二姐

清明节后山北村①,看望二姐一家人。
长子玉祥泪俱下,慈母癌症近黄昏。

二姐心善人开朗,阖家平安人丁旺②。
面对癌症心坦荡,手拉两弟话家常。

弟劝二姐心情爽,增强健康添营养。
姐言魂归唱诗班③,天热路遥别奔丧④。

呜呼!二姐心宽广,终别还惦弟健康。
姐弟五人一父母,一曲和谐齐声唱。

2004 年 4 月 4 日写于淇县故乡

注:

① 2004 年 4 月清明节后,我和国海弟、青梅及侄女儿斌斌,到浚县白寺乡山北村看望二姐。

② 二姐有两个儿子,八个孙子和两个孙女。

③ 二姐一家信天主教。村里由唱诗班将灵魂送归天堂。

④ 二姐享年 79 岁。

31. 深切悼念国庆姐夫国华大姐

武汉电话来，国庆住医院①。
胃癌手术后，如今已扩散。

虽经多方治，病情无好转。
今天报病危，盼见内弟面。

闻知心中急，即刻奔武汉。
恨车跑得慢，又恨路太远。

车到汉口站，急奔六医院。
双手捧鲜花，敬献兄面前。

往事心中涌，忆记兄恩情。
中学六年整，德育有长兄。

一九五二夏，高小正毕业。
随同崔老太，汉口看大姐。

四七离开家，五年未见面②。
乾坤已翻转，全国红旗卷。

车行一昼夜，晨到汉口站。
家住马道口，姐弟得团圆。

我姐有三个，大姐最亲我。
临上花轿前，还要抱抱我。

国庆哥四个，小弟崔国有。
大吾三岁整，准备考铁中。

那时报名简，没有户口限。
考上就能念，不取回家园。

考后二十天，长江日报载③。
河南小学子，闯进二中关。

武汉二男中，湖北省重点。
是否是名校，吾亦不为然。

布鞋土布衣，少小无忌猜。
憨厚又勤奋，老师皆喜欢。

棚户木板房，读书心欢畅。
加入青青团，品学皆优良。

转眼三年过，毕业在眼前。
国有保航专④，国庆心喜欢。

内弟何去向，国庆挂心间。
江岸二七厂，似已箭在弦⑤。

我想读高中，国庆心亦明。
语重心长道，大学必在行。

考上二中榜，展贴校门墙。
排名第三位，雄心斗志昂。

人生漫长路，高中是基础。
初知人生观，百舸勇争流。

三年当班长，人生有理想。
又学赵树理，又学钱三强⑥。

高三在眼前，文理难分清。
请益国庆兄，天下行理工。

专业方向定，科学勇攀登。
保送清华园，梦想进北京。

姐姐手中线，弟弟身上衣。
千层布底鞋，伴弟上京畿。

恩哉国庆兄，谢哉国庆兄。
一路望走好，来世再相逢⑦。

又过两年后，大姐乘鹤行⑧。
送别姐墓地，汉阳扁担东⑨。

兄姐合葬处，翠柏郁青松。

六十年时间空间，六十年初心不变
六十年思想记录，六十年永恒情感

今日来祭奠，寄托弟哀情。

滚滚长江东逝水，浪花淘尽人间情。
魂归朝歌故里地，泪洒楚地汉阳城。

2004 年 6 月初稿
2006 年 5 月修订于北京三十一所

注：
①大姐夫崔国庆，铁道部物资局驻武汉办事处处级退休干部。
②1947 年春，国庆兄一家跟随铁路员工集体南撤至汉口大智门车站。这期间，音信一度中断，未能见面。在这五年，中华大地发生巨变，新中国成立了。
③1952 年 8 月武汉市《长江日报》。
④崔国有在汉口铁中品学兼优，思想进步，汉口铁中的篮球和铁饼运动员。初中毕业保送至南昌第一航空工业学校。
⑤国庆兄在江岸二七车辆厂为我联系了一份工作。
⑥赵树理，著名农村作家；钱三强，著名核物理学家。
⑦国庆兄在 2004 年 6 月病逝，享年 78 岁。
⑧大姐在 2006 年 5 月病逝，享年 84 岁。
⑨合葬于武汉市汉阳扁担山公墓，东 12 区 7 层。

32. 七十大寿故乡行感怀

——故乡的少年记忆

悠悠商纣城,茫茫淇河边①。
高村桥站西,有我一家园。

慈母讳关氏,严父讳长安。
膝下五子女,三女两儿男。

罗鱼坡西头,水井正南边②。
坐西门朝东,农舍七八间。

西屋砖瓦房,一字排五间③。
神龛居中堂,方桌布香坛。

原是姐闺房,纺纱织布间。
吾和国海弟,住在门庭边。

南厢为厨房,风箱鼓炊烟。
北厢堆杂物,鸡鸣五更天。

北屋砖平房,东西共三间④。

六十年时间空间,六十年初心不变,六十年思想记录,六十年永恒情感东头作牛舍,父母居西间。

中间堆草料,《槽头兴旺》悬。
家养牛两头,耕地拉磨碾。

院中两椿树,根深叶茂繁[5]。
径有怀抱粗,拟似两旗杆。

慈母勤照管,寄托母情怀。
喻比膝下子,两儿两旗杆。

院北空闲地,堆粪肥良田。
酸枣林西岸,榆槐荫后檐。

南边一场院,大小二亩半。
夏季打麦子,秋天谷粮晒。

枣树环四边,尖枣脆而甜[6]。
瓶枣甜硕大,小枣过大年。

东有柴草院,农具牛车房。
还有磨一盘,自用惠街坊。

土地四十亩,全在村之东。
大小七八块,铁路分西东。

上有三个姐,弟我不成丁。
麦秋雇短工,足食又衣丰。

父母不识字，事有困难行。
渴望家长子，读书耀列宗。

村中有私塾，先生罗福庆。
磕头拜恩师，开读百家姓⑦。

四七春雷动，解放太行东。
参加儿童团，手持枪红缨。

村头查路条，送信报敌情。
孙家西楼院，朗朗读书声⑧。

少小懂事早，心听父母声。
读书不知倦，奋力学农耕。

聪明又勤奋，鱼坡小有名。
学劳双模范，乡试常头名。

一九四九秋，初小三年下。
来年升高小，父母常牵挂。

淇县三完小，校在迁民村⑨。
步行十五里，考入三小门。

县属重点校，淇北秀才云。
老师爱学子，学子更勤奋。

语文李茂堂⑩，教我写文章。
数学杨育恩，教我鸡兔装。

夏天无风扇，冬天无火盆。
夜点煤油灯，熄灯听钟音。

伙房交米面，大锅炖米炊。
夜睡大通铺，值日倒尿盆。

一九五二夏，毕业十四整。
汉口看大姐，速归考淇中。

巧遇市招生，考看中不中。
长报登红榜，武汉二男中。

就此离故土，乡音渐普通。
今日忆旧事，寓意趣无穷。

2008年4月清明节写于淇县故乡

注：
①河南省淇县，淇河为母亲河。商纣故都称朝歌。
②水井之水洁净透亮、甘甜，直接饮用回味无穷。
③现房经1963年和1999年两次大修。
④北屋在1965年拆除，没有复建。
⑤两棵椿树在1958年被砍伐。
⑥尖枣成熟早，一般当作尝鲜的进口之物，路人可以随意采摘食用，边摘边吃。
⑦在私塾读《百家姓》《三字经》和必读杂志，一直读到《论语》(上论)。
⑧在1947年春天故乡解放后，在孙鱼坡的地主孙老会家的西院办有

小学。

⑨姨母家住在迁民村。先吃住在姨母家，最后一年住校吃大锅饭，睡大通铺。

⑩恩师李茂堂，每当回家遇见时，我总向他深深一鞠躬。

33. 登云梦山感怀①

儿时曾听慈母言，朝歌西有云梦山②。
山里有座水帘洞，碧水青山生紫烟。

又言天旱祈神仙，头扎柳圈云梦山。
碧池求得九龙吟，归程半途雷雨天。

又听倚鹤飘上天，灵魂齐聚云梦山。
殿宇巍峨居翠薇，幽境乐极不思还。

少小离家五二年，求学二中清华园。
立志航天强国防，七旬才登云梦山③。

云梦山兮雾茫茫，峰回转兮峦叠嶂。
松柏翠兮花争艳，美如画兮似天堂。

鬼谷王禅名流芳，文韬武略十二章。
八方游客来朝拜，瞻仰云梦古军庠。

六十年时间空间，六十年初心不变
六十年思想记录，六十年永恒情感

苏张共饮一泉水，寻师陌路入一门④。
胸怀坦荡和为贵，六国为相英名垂。

孙庞共赏梦山云，同窗求学不知音⑤。
庞涓贪心残孙膑，世间千古失德人。

云梦胜景扬四海，千古名人出仙山。
朝歌本是一胜地，殷纣焚都日渐衰。

2008年4月5日写于淇县故乡

注：

① 2008年4月3日清明节后的4月5日，吾与国海弟、弟媳青梅登云梦山。烧香磕头，拜祭慈父母之魂归云梦山极乐世界。

② 吾姥姥家姓关，家在朝歌镇北关。云梦山位于朝歌镇西十五公里处。在儿童时期，听母亲讲过到云梦山祈雨和人死后灵魂都到云梦山会集的故事。

③ 在1952年夏淇县三小毕业后，先到武汉二中和清华大学求学，后在航天系统做科研工作，直到2008年，时年七旬。

④ 鬼谷子之弟子苏秦和张仪。

⑤ 鬼谷子之弟子孙膑和庞涓。

34. 朝歌故里有歌声①

春雪无声入京城,
绿竹翠柏映其中。
漫天皆白寰宇静,
雪片纷飞意更浓。

温总一线勘旱情,
心润中州细无声。
久旱春雨甘露降,
朝歌故里有歌声。

2009 年 2 月 18 日写于北京三十一所二室

注:
①北京久旱百天无雨雪。2 月 18 日一觉醒来,看见窗外大雪纷飞,一片皆白。又接老家亲友电话,中原大地五十年大旱不遇。温家宝总理亲临中原抗旱一线,勘察民情,指导抗旱。今日人工增雨成功,普降中雨,缓解了旱情。有感而发。

35. 荣儿今天大喜

荣儿今天大喜日,结婚证书迎到家①。
中州青年人王哲,相亲相爱连理花。

荣儿今天大喜日,高堂双亲乐开花。
贤婿王哲人品正,携手共建幸福家。

荣儿今天大喜日,婚宴排在虎五月②。
双方亲家来欢聚,共贺儿女幸福花。

荣儿今天大喜日,三十而立披婚纱。
千头万绪家为本,早得贵子放彩霞。

　　　　2009 年 12 月 23 日写于北京三十一所二室

注:
① 2009 年 12 月 23 日王哲和任力荣在丰台区登记结婚。
② 在云岗的泉品大饭店摆婚宴,一直排队至 2010 年 5 月 23 日。

第二篇

清华大学　学习六年

(1958.9—1964.8)

1. 思　友

——赠金云龙同学

同甘共苦三年整，战斗友谊终结成①。
今在两地齐奋进②，但愿岁日喜相逢。

1958 年 9 月 6 日写于清华园

注：
①金云龙，武汉二中高三（五）班同学。其任三年团支部书记，本人任三年班委会主席。
②高中毕业，金云龙保送入武汉医学院，本人保送入清华大学。

附录1：团支部书记　　金云龙
　　　　组织委员　　　郑克隆
　　　　宣传委员　　　唐传芳

　　　　班委会主席　　任国周
　　　　学习委员　　　耿恒光
　　　　体育委员　　　胡又林
　　　　福利委员　　　冷承木
　　　　文娱委员　　　吴枞仁

附录2：表扬证书

高一上（4）分支任国周同志经本总支评为：

学习刻苦踏实、成绩优异、能积极提高思想、努力锻炼身体、热心完成一切任务的好团员。

特给予表扬证书　　以资鼓励

中国新民主主义青年团湖北省武汉市二中总支委员会（章）

一九五六年元月十四日

附录3：奖状

高二（5）分支任国周同志经本总支委员会评为：善于支配时间，学习一贯优异，工作一贯积极的好干部。

特授予奖状　　以资鼓励

中国新民主主义青年团武汉市二中总支委员会（章）

1956年11月24日

附录4：奖状

湖北省武汉市第二中学奖状　　奖字015号

高二（五）任国周经本校评为本学年度优秀学生。特给予奖状以资表扬

此奖

校　长

副校长　张云鹏

武汉市第二中学

一九五七年五月四日（章）

2. 舞会诗 二首

一、初学

今天在学生食堂举办舞会。杨德全同学教我学跳交谊舞，我生平第一次跳交谊舞。有感，诗云：

舞曲频奏，
翩翩起舞。
青年人双双挽起，
喜心间，
快乐起步。

频奏高歌，
热情澎湃。
青年人双双飞旋，
庆今朝，
红旗招展。

1958 年 10 月 2 日写于清华园

二、舞会之一瞬①

乐曲阵阵悠扬，
震激青春心房。
男女翩翩起舞，
友谊快乐共享。

1961年12月2日写于清华园

注：
①今天在三饭厅举办舞会，杨德全同学伴我跳交谊舞，有感，诗云。

3. 念友

——复金云龙同学

今日收到战友金云龙同学来信，深为怀念，诗云：

一日别友一日深，
犹如孤鸟栖园林。
纵然清华风光好，
仍有念友一片心。

1958年10月4日写于清华园

4. 赞外甥新民

今天从曹大柱同志①那里，了解了武汉大姐家的一些情况。我的最顽皮的外甥新民（九岁）也参加了大炼钢铁。他的工作是砸铁矿石。听后吟诗一首。

九岁顽童也炼钢，
世上认为此事实荒唐。
但在中华人民共和国，
顽童炼钢喜讯处处扬。
我的外甥崔新民，
顽皮捣蛋头一桩。
但在今日变了样，
半夜不睡砸铁矿石，
也能迅速准时到工厂。
欲问此变根何来？
炼钢也能炼人才！

1958年10月29日写于北京和平门外北京馆

注：

①曹大柱，在汉口马道口居住时的中学伙伴。汉口铁中毕业后到汉口列车段参加工作，当汉口—北京的列车员。

5. 记志愿军凯旋

近几日,中国人民志愿军已全部撤出朝鲜了。举国欢腾,欢迎最可爱的人凯旋。诗云:

东风强劲西风弱,东风频吹全世界。
世界人民正觉醒,埋葬反动派帝国。

中朝人民心连心,战胜美伪联合军。
革命鲜血结友谊,情深似海万古存。

中朝人民爱和平,周金联合发声明①。
英雄儿女今凯旋,举国上下齐欢腾。

全国人民团结紧,三帅二锋旗开胜②。
最可爱人添血液,共产主义近人境。

1958年10月30日写于北京和平门外北京馆

注:
①指周恩来、金日成联合声明。
②当时三帅是指钢铁、粮食、棉花。二锋是指铁路、煤炭。

6. 十月革命一声炮响

——庆祝十月革命四十一周年

十一月七日一声霹雳,
东风就此吹起。
红旗迎风招展,
解放了亿万阶级兄弟。

东风劲吹卌年①,
如今鲜花开遍。
西风日落西山,
东风吹散西烟。

今日中苏团结,
友谊永恒如山。
庆伟大十月革命,
祝朋友擎旗在前。

1958年11月7日写于北京和平门外北京馆

注:
① 卌〔xì〕,即四十。

7. 落叶新生

——清华园的秋色

今日的清华园已是深秋,残枝落叶铺地,甚是荒凉。这种深秋景象和目前全国亿万人民努力建设社会主义的步调,很不协调。特作此歌。

深秋荒凉,
残枝落叶纷扬。
多情人最易感伤,
怀友思亲多在此景象。
但,
这是过去,
  过去时代的,
  过去景象,
  过去思想。

今天是毛泽东思想时代,
是生产凯歌高奏,
是共产主义思想萌芽、
    开花、
     结果的景象。

今日的深秋,
乃是百花争艳的大好时光。
六亿五千万人民
高举革命红旗意气风发、
斗志昂扬!

    1958 年 11 月 12 日写于清华园

8. 记参观人民大会堂

一年前的十月①,
我站在天安门广场上。
那时的天安门广场上啊,
是战斗的战场,
是劳动的海洋。

天安门前的条条大沟,
是安装地下管线的地方;
天安门前的棵棵青松,
是绿化的战场。
施工的脚手架耸入云端,
塔式吊车衔着构件钢梁。
汽车开足了马力运转,
条条钢筋,袋袋水泥,
也有工人手拉,肩扛。
就在这严寒的冬天,
建设者却是满脸汗水流淌。
革命的胜利凯歌响彻云端,
青年突击队的红旗迎风飘扬。

强大的祖国啊,

您必须披上美丽的衣裳！
祖国的首都啊，
　　您必须穿上新时代的新装！
中华民族的伟大精神啊，
　　必须体现在您的身上！
新世界的革命红旗啊，
　　必须飘扬在您的上方！

一年后的今天②，
我又站在天安门广场上，
东西长安街更加美丽宽广。
人民英雄纪念碑巍巍屹立，
人民大会堂已金碧辉煌。

我怀着万分激情，
　　迈进人民大会堂。
展现在我面前的大厅是那样美丽宽广。
大理石地板是那样光滑明亮，
八角宫灯是那样灿烂辉煌，
天花板图案是那样动人心房。

我怀着万分激情，
　　迈进人民大会堂。
会议大厅如此庄严美丽而大方。
这里是制定我国基本国策的地方。
这里是祖国优秀儿女庆功的地方。
这里是工农兵代表接受党的号角的地方，
这里是伟大领袖毛主席发出号召的地方。

当我望着那庄严讲台的时候,
伟大领袖毛主席的洪亮声音,
仿佛又一次在我的耳边回响,
"中国人民从此站起来了!"
中华民族再也不是一个被压迫被污辱的民族了!
我们将以具有高度科学文化的民族出现于世界!

是的,我们已经站起来了!
是的,我们已经以具有高度科学文化的民族,
　　出现在世界的东方!
让世界各国朋友,
来看一看我们的人民大会堂吧!
来看一看我们伟大统帅指引下的人民革命吧!

我想,
人民大会堂就是中国人民的智慧结晶和荣光!
人民大会堂像珠穆朗玛峰巍然屹立在神州大地,
毛泽东思想的灿烂光辉永放光芒。

1959 年 12 月 10 日写于清华园

注:

①我于 1958 年 9 月入清华大学,10 月 1 日参加国庆游行,并在当年 10 月专程到天安门广场参观,亲眼看到人民大会堂正在施工的热烈情景。

② 1959 年 12 月,按照周总理指示,清华大学和北京各高校,组织大学生参观人民大会堂。我第一次迈入人民大会堂,心中特别激动。回校后即提笔写了这首诗,感之,记之。

9. 建校劳动颂歌

——记12月8日铸工车间建校劳动日

同志，你看
  这就是我们410专业班建校劳动现场①。
  小车在飞奔，
  大车在欢唱，
  个个干劲足，
  人人把汗淌。
  同学们啊，
  加油干吧！
  劳动的战绩啊，
  一定辉煌！

同志，你看
  这就是我们装砖的地方。
  是突击班②，
   一班，
    二班竞赛的第一战场。
  但在这里还哪能分得清你的
      我的

或他的。

只要空车一来呀,
大家一齐拥上;
只要小车一歪呀,
大家齐来帮忙。
让小车的飞轮呀,
不停地歌唱!
共产主义协作红旗呀,
处处飘扬。
捷报频传,
战绩辉煌。

同志,你看
　那一班的战绩红线啊,
　已经突破定额,
　超过了突击班,
　摇摇直上。
　突击班的小伙啊,
　个个身强力壮。
　蜗牛突击班,
　哪个想当!

　马上开会,
　快点商量,
　改进组织,
　再赴战场。
　突击班的红线啊,
　飞速直上!

建校劳动日战绩辉煌,
共运砖十万以上。
每人平均一千多,
达到学校定额啊③,
百分之三百以上。

我们的战绩如此辉煌,
毛泽东思想像光辉的太阳。
今天,
我们在您的照耀下,
取得了胜利。
明天,
我们仍将在您的照耀下,
再赴新的战场!
鼓足干劲,
力争上游,
多快好省
永远是我们坚定不移的方向。

同志,你看
党的红旗奋勇向前,
共产主义大道广阔无边,
让我们在毛主席的英明领导下,
向前,
向前,
向前!

1959 年 12 月 12 日写于清华园

注：

①当时我们410专业分410—41，410—42两个班，后来调整为力404一个班。在建校劳动时，是先从两个班中抽出精兵组成突击班。

②突击班长王梓林同学。

③我们班的建校劳动日任务，是把码放在马路边的红砖，用小车转运到施工现场，并码放整齐。

10. 农田劳动诗 二首

今日在海淀区东升乡前八家插秧和整地，很受教育。诗云：

一、保健姑娘田头忙

保健姑娘田头忙，药箱水壶挂身旁。
同为知识劳动化，脚迹遍及丰产方。

二、谁说耙地活儿脏

谁说耙地活儿脏，稻米丰产谷满仓。
喜到今年重阳日，稻浪滔滔万里香。

1960年6月25日写于清华园

11. 读革命烈士诗抄后有感　二首

附记：今日读了肖三同志编的"革命烈士诗抄"很受感动，特别与当前形势结合起来，更感亲切，教育意义极大，鼓舞革命斗争意志。有诗曰：

一、胜利诗

困难不要怕，
革命要坚决。
共产主义定胜利，
永载史书册。

二、战斗歌

今天，
我们要高举红旗。
今天，
我们要艰苦奋斗！

怕什么！暂时的困难。
我们伟大的业绩辉煌灿烂！

怕什么！少吃几两大米白面。
我们青年人的干劲永远冲天！

我是动员了，
我是准备了，
我今天一定要学，学，学，
我明天一定要干，干，干，
让共产主义天堂早日降人间。

驾驭自然，
战胜天灾，
为解放自己的阶级，
我要冲锋陷阵，埋头苦干。
红旗飘满天，
政策生命线。
我们组成战斗的队伍，
我们手牵手，
我们肩并肩，
我们坚定信仰共产主义必然胜利，
我们相信前进道路上有斗争，
也有困难。

唯有党，
斗争才会胜利，
唯有党，
才会战胜困难，
永远跟着党走，
永远向前！

看诗抄，
　　　血性文章血写成，
　　　头颅换得五金星。
看今日，
　　　五星红旗众手擎，
　　　超英赶美压西风。
看明日，
　　　幸福天堂人间降，
　　　风卷红旗舞东风。

　　　　　　　1961年1月11日写于清华园

12. 如梦令·庚子除夕杂记 二首

春节聚餐

七菜、二汤、白面①，
阵阵清香垂涎。
今日何佳日？
庚子除夕聚餐。
聚餐同欢，
频赞祖国温暖。

除夕话旧

长春、凤渡、杭州②,
除夕屈膝话旧。
今日多幸福,
不忘昔日苦。
知否,知否?
我们全家安度。

1961年2月14日写于清华园

注:
①新年除夕,在三八学生食堂大会餐。餐桌上,全是细粮没有粗粮,更有七菜、二汤,十分高兴,有感而作。
②长春是同室王锡文之故乡,凤渡是同室张昌权的故乡,杭州是同室徐明鑫的故乡。

13. 病房寄出革命情

附记：1961年5月30日至6月25日，我因胸膜炎住进清华大学校医院。6月8日易新亚、韩幼平、谷志刚同学到病房看望。他们说，下周全班同学将去昌平县农村参加抢收小麦的劳动。听后，心中非常激动，我对不能奔赴农业生产第一线而深感遗憾。我热烈地欢送同学们出征，并以诗记之。

去吧，同学们，
我热烈地欢送你们！
我深深地羡慕你们！
你们将战斗在农村，
　　　　战斗在农业生产第一线上。
你们将为我国的农业大丰收洒汗，
这是你们的最大幸福和光荣，
这是我们实现劳动化的最好途径。

去吧，同学们，
农村是一个广阔的天地，
那里有滚滚的金色麦浪，
那里有一眼望不尽的金色沃土。
抢收小麦是一场龙口夺粮的战斗，
让第一线的捷报快传清华园，

让第一线的战绩永创新的纪录。

1961年6月8日写于清华校医院

14. 读《好逑传》有感

窈窕冰心女，
英雄中玉郎。
相思千日许，
花烛现鸳鸯。

远展前程路，
孤身难渡洋。
举目望明月，
淑女在何方。

1961年6月23日写于清华校医院

15.团支委会工作作风

附记:1958年9月至1961年9月,在清华大学力404班连续三年任团支部宣传委员、组织委员、副支部书记。对做好班级团支部工作,总结出几点感想。

1961年10月,调系学生会,任64届年级总干事。

1962年10月,调系分团委,任安全组组长。

  坚持真理,修正错误。
  贯彻政策,相信群众。
  发扬民主,开展批评。
  实事求是,调查研究。
  以身作则,团结群众。

1961年7月5日写于清华园

16. 参观汤阴县岳飞庙

今天国海弟陪我参观汤阴县岳飞庙。有感，诗云：

岳飞杀贼御边疆，
秦桧奸贼害忠良。
宋王昏庸十二令，
义烈将军千年扬。

众瞻岳庙武王忠，
精忠报国照汗青。
边塞烟尘刀枪鸣，
南国百姓乐休生。

1961 年 7 月 28 日写于河南省鹤壁市

17. 记学打麻将牌

万事开头难，
麻将也一般。
虽有其煌教①，
好意难成全。
一夜麻将牌，
输了半个千②。

实践有教训，
懂了一二三。
好意才理解，
对对四十翻。
次夜麻将牌，
终胜把本还。

1961 年 11 月 8 日写于清华园

注：
①余其煌，武汉一中高才生。我来自武汉二中，我们有半个同乡之感。
②用扑克牌当作资本。

18. 喜 雪

附记：今天午后飘起了鹅毛大雪。顿时大地沉睡了，万物沉睡了。如银似玉的世界是大地生机的源泉，万象更新的根本。大地喜于面，万物喜于芯，人们喜于怀。

我睡在上铺。窗外雪景一一映入眼帘，激动万分，浮想翩翩。诗云：

片片雪花如梨花，
千树万树梨花开。
梨花朵朵报春风，
春风满面桃花鲜。

飘飘雪花如银玉，
京华大地喜歌怀。
诗人吟雪抒情谊，
农人喜雪兆丰年。

1961年12月16日写于清华园

19. 青春之歌

——为抒发个人情怀而作

青春最美丽，
青春最可贵。
青春对人生只有一次。

青春象征着理想，
青春象征着力量，
青春象征着新生。
用青春的理想去鼓舞斗志，
用青春的力量去冲锋陷阵，
用青春的新生去迎接旭日的光辉。

青春是先天的，
人人都有青春。
然而，
不同人却奏出
或高或低
　或喜或悲
　　或烈或卑
　　　或美或丑

　　　　或爱或弃的乐音。
革命是高
　　烈
　　　美
　　　　爱的代表，
叛变是低
　　卑
　　　丑
　　　　弃的化身。

青春是先天的，
青春是后天的。
青春最美丽，
青春在争取。
青春在血和火的激流中，
才可迸发出美丽的火花；
青春在血和火的激流中，
才可奏出美妙的音乐。

　　　　　　　　1961年12月17日写于清华园

20. 冬至有感

附记：今天是冬至。入夜，一轮皓月当空，室内洒上了一层银白色，赏月思亲的灵感倏然心头。我们六人从玉璞同学今日初恋的幸福，一直谈到了班上的每一个人，从中发现约有半数同学正处于初恋或接近成功的幸福时刻。这引起了我极大的心思："是时候了！应当努力。"诗云：

忽报今日冬至来，
闺房绣花长一线。
情哥情妹两相思，
漫漫长日短夜来。

情妹爱哥丰收日，
情哥盼妹花早开。
哥妹志同两相爱，
一岁辛苦果如山。

1961 年 12 月 22 日写于清华园

21. 记学打羽毛球

附记：从12月5日起，我利用课外锻炼时间到体育馆学打羽毛球。打羽毛球是要有对手的，我的对手有凤辉、志刚、荫荣、惠农及外班同学，他们都是偶然来，而我是天天来，所以我的对手如此多了。特作诗曰：

傍晚，
严寒，
紧张的体育馆。
剑拳，
轻舞，
羽毛飘然。

伶俐的少女少男，
不畏严寒。
手执羽毛球拍，
只见片片羽毛流驰万千。

渴望在肺腑中呐喊，
小伙子球场出现。
虽然心热劲大，
但是手忙脚乱。

一片白色羽毛，
势如狼吞虎咽。

小伙子天天锻炼，
脸上冒着热汗。
小伙子像一团火，
球场上红光闪闪。
少女青年都是教练，
求知识不分长贤。

二十天如一日苦练，
手脚灵活心温暖。
一朵"雪花"飘来，
向小伙子送出深情的语言，
小伙子挥拍迎接，
"雪花"变化万千。

傍晚，
严寒，
小伙子脸上红光闪闪。
事事都是开头难，
困难总是吓不倒英雄汉。
一朵轻飘"雪花"
可以变化万千。

1961 年 12 月 5 日写于清华园

22. 塞外风光豪杰　天佑扬眉中国

——记瞻仰八达岭青龙桥车站詹天佑铜像

八达岭峻高千丈，
沉沉一线绕中央。
天佑筑路洒热血，
志在灭帝中华强。

存浩气，
留芬芳，
今日中国伏虎降！
游人话佳事，
眉宇尚轩昂。

1962年2月18日写于北京青龙桥火车站

23. 家乡土产，大家都来尝尝

我这次寒假从家乡带来的土特产有红薯、鸡蛋、玉米花、核桃、红枣、咸白胡萝卜干、胡萝卜、米面馒头等。

昨天晚上，我把我带的东西几乎全部拿了出来，让大家尝尝乡土之风味，有近二十名同学参加品尝。在这方面，我不吝啬，即使自己少吃点也是无关紧要的。另外，还留有一些，打算留给侄儿北航任友民和那些今晚没有机会遇见的同学。

    土产香，
    土产乡，
    土产来自高村乡。
    焦香的玉米花，
    酣酣的大白薯，
    还有甜甜的胡萝卜。

    大玉米花，
    大白薯，
    祖国的山川处处有。
    今天的玉米花，
    今天的大白薯，
    乡亲的辛苦在里头。

玉米花香，

大白薯酣，

同学们快来尝尝鲜。

知丰收，

知灾荒，

发奋图强报故乡。

1962 年 2 月 20 日写于清华园

24. 庆祝清华大学第十五届学代会开幕

附记：我作为学生代表，参加清华大学第十五届学生代表大会，共议学校学生大事，有感。诗云：

三月春风绿满枝，

迎春花开飘万里。

代表共议清华事，

厚德载物今朝立。

1962 年 3 月 30 日写于清华园

25. 旧友新会清华园

附记：我的武汉二中高三（5）同班同学陈俊祥，高中毕业考入武汉大学化学系，后提前毕业，到甘肃省清水基地解放军防化兵部队工作。今日他来北京出差到清华看我。从其言谈话语之中，流露出某种情绪。有感，诗云：

旧友新会清华园，风吹绿波花争艳。
忽报大地四循环，人健知丰面改颜。

旧友新会清华园，重述旧事倍新鲜。
清水淘尽别后事，旧友心纯赛玉兰。

旧友新会清华园，以火点火共相勉。
人生本来多曲径，寻求真理志要坚。

旧友新会清华园，炊烟辞别蓝旗前。
举手高高言再见，前程似锦保平安。

1962 年 4 月 15 日写于清华园

26. 桃红花发有佳期

——赠德全大姐新婚大喜

附记：昨晚听杨德全同学大姐将于五一结婚，众同学皆乐。今晨拂晓醒来，闻窗外鸟语，望旭日东升，杨柳轻拂，春意盎然。吟诗赠之。

春拂杨柳绿满枝，
桃红花发有佳期。
壬寅元旦重旧事[①]，
洞房花烛现红绿。

1962 年 4 月 21 日写于清华园

注：

① 1962 年元月寒假德全大姐之个人感情产生波折，但经清华党组织之关怀，与振省之关系获得稳定发展。

27. 送德全大姐新婚途中　闻化育忆记旧事吟

附记：昨天下午六时余，我们七人送杨德全同学去哈尔滨结婚。途经照澜院，王化育同学说：元月 26 日，我也是送德全同学去哈尔滨，那一天她是愁郁满怀。我帮她提的那只箱子，就是今天的这只箱子，到此不慎箱开两半，东西皆出，更添了黯然的色彩。但今日不同了，德全同学面貌一新，心花怒放，其乐盈盈。我们闻此事皆乐。

今天在新水 -303 上流体力学课后，昨日情景挥之不去，悠然心头，吟诗记之。

送女照澜院，支书笑开颜。
忆记三月前，箱开添黯然。
今日百天过，花好月正圆。
支书又送女，箱好乐艳艳。
同学知其故，心乐神陶然。
但愿人长久，千里共婵娟。

1962 年 4 月 29 日写于清华园

28. 工厂实习三十日纪实

附记:今天上午几位同学去首都机场候机大楼玩,谈起近日的实习生活,甚觉有趣,特别是在与工人师傅的相处过程中,发觉他们有许多优秀品质值得学习。

工厂三十日①,师傅怀若谷。
详解一二三,吾师张玉茹②。

工厂三十日,师傅爱我徒。
推心置腹语,励志展宏图。

工厂三十日,身置工人伍。
工人多光辉,发愤誓强图。

工厂三十日,革命大焙炉。
师徒大团结,何惧困难殊!

工厂三十日,硕果满枝头。
载歌凯旋归,感谢众师傅。

工厂三十日，铭心永记怀。

师徒颜盈笑，鼓励红又专。

1962 年 7 月 15 日写于首都机场飞机修理厂

注：

① 1962 年 6 月至 7 月，我们班同学在首都机场的飞机修理厂工艺实习三十天。

② 张玉茹，工人师傅。

29. 为《春江花月夜》题照

附记：在今年第 19 期《中国青年》的封底上，有陈爱莲在"第八届世界青年联欢节大会"上表演的《春江花月夜》舞蹈彩色照片。我看后吟诗一首，以作感想。

春江花月夜，少女舞翩翩。

头上倭堕髻，耳中明玉环。

含羞盈盈笑，芙蓉又遮颜。

青纱飘飘降，人间陈爱莲。

1962 年 10 月 17 日写于清华园

30. 我乘东风游九州

　　不觉新年将至，瞻全国的大好形势，无限欣慰。瞻六亿人民向自然开战的业绩，信心倍增。瞻祖国前途，辉煌绚丽。我思绪汹涌。吟诗当歌抒怀。

　　　　我乘东风游九州，炊烟起处乐悠悠。
　　　　麦浪滚滚中原地，稻香飘飘湘水流。
　　　　垂柳半落村郭外，鱼游禽鸣鹦鹉洲。
　　　　三年困难安度日，红旗如画遍神州。

　　　　我乘东风游九州，普天同庆乐悠悠。
　　　　钢水奔腾翻细浪，五谷丰登庆太平。
　　　　锦绣大地美如画，东方巨龙舞长空。
　　　　西风吹拂夕阳日，东风磅礴旭日升。

　　　　　　　　　　　1962年12月22日写于清华园

附录：
1962年10月24日，李玉山同志通知我，党支部最近将讨论我的入党问题。
1962年11月2日，徐有毅同志约我谈话。
1962年11月8日，李萌荣同志约我谈话。

1962年11月24日,王梓林同志约我谈话。

1962年11月12日,我与沈寿福同学谈心。

1962年11月13日,我与张志华同学谈心。

1962年11月15日,我与余其煌同学谈心。

1962年11月16日,我与陈文芳同学谈心。

1962年11月17日,我与诸惠民同学谈心。

1962年11月24日,李萌荣同志约我谈话,并将入党志愿书交给我填写。

1962年11月28日,在电机馆312房,召开党支部大会,首先讨论我的入党问题,18名正式党员一致通过。再讨论王力殊同学的入党问题,18名正式党员一致通过。

31. 康庄春游即兴诗 五首

一、春天

京华三月玉兰花，垂柳婀娜吐新芽。
白云飘浮蓝天际，昆明湖水扬碧波。

二、塞外天

阳春三月游塞北，长城内外气变烈。
京华少女春装美，塞外小伙皮衣裹。

唐人高岑吟塞北，胡天八月即飞雪。
京华三月艳阳日，塞北我游正飞雪。

三、长城

燕山之巅望重峰，一条玉带蜿蜒中。
秦皇作乐咸阳地，不闻姜女哭夫声。

四、点将台

杨家将士抗金兵,杨业七郎建奇功。
男儿战死妻继起,桂英挂帅百万兵。

点将台上出奇兵,寒光铁衣刀枪鸣。
朔风骤起漫天际,桂英阵前点雄兵。

五、遥望西拨子烈士陵园

西拨远瞻烈士坟,赤胆热血照我心。
解放中华死不顾,为国立功献英魂。

中华大地掀风雷,壮士英烈撼心肺。
满眶热泪关不住,凯歌一代长日存。

1963 年 4 月 7 日写京张铁路火车上

32. 赠范士华同志

　　承木同学来京告知朝悌同学已新婚大喜。25日，我们两人到中央党校看范士华。她说朝悌不久即可能分配北京工作。为老同学甚是高兴，作诗以赠。

　　壬寅元月花烛日，癸卯重阳姗闻知。
　　吾与朝悌同窗读①，战友新婚我乐迟。

　　党校喜会范氏女②，九月菊花正开时。
　　秋菊难解心头郁，专待腊梅报春知。

　　朝悌忽报京华地，春拂杨柳绿满枝。
　　一舟轻泛昆明水，愿君永度桃花日。

1963 年 10 月 26 日写于清华园

注：
 1. 冷承木、孙朝悌，武汉二中高中同班同学。孙朝悌，学生党员，高中毕业保送上海交通大学。冷承木考入上海交通大学。他俩同专业同班。
 2. 范士华，武汉大学历史系毕业。中央党校教师。

33. 写给傅维镰老师的信

又是新年了,我心里充满着无限的欢乐和喜悦。因为这是学生时代的最后一个元旦了。我对亲爱的党,对辛勤培养我的老师无限感激。这里,我要唱出对党赞美的歌,对老师赞美的歌。

傅老师:
  是党,给了我们革命的动力,
      革命的力量。
  是您,给了我们革命的武器,
      知识的力量①。
  十八年校园生活,
    是人民把我们精心培养;
  出人才的最后加工,
    是您辛勤地精车细纺。
  我们愿在党的领导下
    红透专深,
  我们愿在您的指导下
    奋发图强。

您的学生 任国周
1964年1月1日于沈阳小河沿

六十年时间空间,六十年初心不变
六十年思想记录,六十年永恒情感

注：

①傅维镳，我的大学毕业论文指导老师。1963年11月至1964年5月，在沈阳国防科委六院606所毕业实习，并完成毕业论文。论文成绩优秀。同时同组毕业实习的有刘荣亮、沈寿福、张志华。

34. 喜读毛主席新诗篇 二首

喜读毛主席新发表的10首诗词。读后有感，诗云：

1. 读新诗词

欣读主席新诗篇，气势磅礴风雷掀。
一代风流今朝在，东坡放翁醉九泉。

2. 读解放南京

雄师百万下江南，一举伏虎坐龙山。
风驰雷电交加日，胸怀大略铸新篇。

1964年1月3日写于沈阳小河沿

35. 贺杨德全同学入党十周年

傍晚去新斋，得知明天是杨德全同学入党十周年纪念日。当面允诺赠诗一首。回室后，久不入眠，激情满怀。诗曰：

为党奋斗整十年，意志坚强不怕难。
十五年前红装女，今朝文武红又专。

少小苦海党拯救，志愿参军保家园。
革命车轮向前转，卸甲读书清华园①。

高山险阻苦为路，困难天大又何难？
十年寒窗今将毕，同学声中称英贤。

毕业分配在召唤，但愿大姐得团圆②。
勤学毛著和马列，不断革命永向前。

1964年7月6日写于清华园

注：
①杨德全同学，先读清华工农速成中学，后保送清华大学。
②杨德全同学大学毕业分配到北京国防科委总字740部队，得夫妻之团圆。

36. 喜闻杨德全大姐得子

附记：今日在福建前线下连当兵的部队里，收到徐有毅同学来信。得悉杨德全大姐得子。夜里站岗归来，吟诗曰：

杨梅三月花正红，
大姐京华公子生。
夫妻恩爱三岁日，
幸福生活添新容。

清华春色关不住，
松花江畔爱振省①。
东海前线闻佳音，
千里寄语学弟情。

1965 年 5 月 12 日夜半写于福建南安

注：
①王振省，哈尔滨军事工程学院学生。

37. 悼王梓林同学①

今天上午到北京中日友好医院,送别王梓林同学。归来,心中久不平静,往事历历在目。吟诗曰:

忽闻梓林兄故去,
热泪盈眶泣无声。
清华同窗六年整,
教我入党明人生。

梓林大我整四岁,
工农速成调干生。
学习工作皆榜样,
有口皆碑胜长兄。

2001年12月17日写于北京三十一所工艺室

注:
①王梓林同学,先读清华大学工农速成中学,后保送清华大学。享年67岁。

38. 悼徐有毅同学①

今天上午到北京海军总医院,送别徐有毅同学。归来,心中久不平静,往事历历在目。吟诗曰:

徐有毅兮好学长,清华园兮五年窗。
调干生兮有理想,红又专兮皆榜样。

思想红兮忠于党,学习专兮绩优良。
待人宽兮胜学长,人师表兮齐赞扬。

生物馆兮才相识,航空馆兮齐翱翔。
海总院兮送学友,三鞠躬兮七三殇。

举目望兮英俊相,低头泣兮菊花黄。
身既去兮神以灵,魂有毅兮永盛昌。

2008 年 1 月 5 日写于北京三十一所二室

注:

①徐有毅同学,调干生,保送清华大学,在清华大学提前一年于 1963 年 8 月毕业。享年 73 岁。

June 2009
16 星期二 Tuesday

青春之歌
——为抒发个人情怀而作
1961.12.17

青春最美丽，
青春最可贵，
青春对人生只有一次。

青春象征着理想，
青春象征着力量，
青春象征着新生。

用青春的理想去鼓舞斗志，
用青春的力量去冲锋陷阵，
用青春的新生去迎接明日的光辉。

旭

青春是先天的，
人人都有青春。
然而，
不同人却奏出

六十年时间空间，六十年初心不变
六十年思想记录，六十年永恒情感

111

或高或低，
或喜或悲，
或妙或罕，
或美或丑，
或爱或弃让乐音。

革命是高、
妙、
美，
爱以代替，

叛变是低、
卑、
丑，
弃以化弗。

青春是先天的，
青春是后天的。
青春最美丽，
青春在争取。

June 2009

18 星期四 Thursday

青春在血和火的激流中
才可迸发出美丽的火花，
青春在血和火的激流中
才可奏出美妙的音乐。

1961.12.17 写于清华园

泰山不让土壤故
能成其大河海不
择细流故能成
其深

六十年时间空间，六十年初心不变
六十年思想记录，六十年永恒情感

第三篇

航天二院二一〇所工作九年
(1964.9—1973.8)

1. 咏 雪

今日沈阳大雪纷飞，寒气逼人，但我们新战士个个精神抖擞，迎接了东北的第一个冬天。

天苍苍兮地茫茫，
雪飘飘兮甘露降。
北风怒兮冰封江，
松柏翠兮不畏霜。

新战士兮精神爽，
冒风雪兮执勤忙。
战严冬兮练硬功，
为人民兮保国防。

1964年11月10日写于沈阳东大营

2. 东海战士之歌

——记炮三师十二团三营六连一位排长

附记：我们这些大学生，遵命令于1964年12月由沈阳乘火车，经北京、上海、鹰潭、厦门，到福建前线中央军委炮兵三师十二团下连当兵。该团是炮击金门的主力部队英雄团。到达连队后，与新兵一样进行入伍教育。我所在的三营六连的一位老排长，对我们进行了诉苦教育。连队指导员叫我依据这位老排长的故事创作一篇抒情长诗投稿给炮三师政治部。

第一章　序曲

东海滔滔万顷浪，革命战士斗志强。
威武屹立高山顶，碧海丹心永向党。

战士紧握手中枪，阶级烈火燃胸膛。
狂风恶浪无所惧，主席思想指方向。

一轮明月照海疆，繁星点点闪银光。
东海狂怒浪暂歇，万籁无声风清凉。

手持钢枪站山岗，目光炯炯搜前方。

面对金门千重浪,斗争烈火燃胸膛。

第二章　诉苦

忆从前,苦断肠,地主恶霸似豺狼。
榨人血汗肥肚肠,穷人家破人又亡。

父给地主当牛马,我给地主去放羊。
母亲多病染黄泉,妹小送人去童养。

四九年,正重阳,一声炮响见太阳。
党的光辉照大地,高举红旗庆解放。

葵花向阳心向党,翻身不忘共产党。
革命青年热爱您,报名参军保国防[①]。

第三章　练兵

烈火炎炎似火炀,炮兵战士训练忙。
一声口令急速射,炮弹快速进炮膛。

天天练,汗水淌,腰酸腿痛脑紧张。
黄尘滚滚扑面来,真是累,真是脏。

指导员,眼睛亮,看透我的活思想。
服役态度没端正,怕苦怕累怕紧张。

指导员,好首长,亲拉我手话家常。
先问家庭血泪史,再问父母和兄长。

指导员，似兄长，问我为谁把兵当。
问我为谁练硬功，问我为谁保国防。

亲切问，默默想，一声春雷心里亮。
忘记伤疤太荒唐，思潮滚滚泪盈眶。

葵花向阳心向党，毛主席像红太阳。
当兵本是为自己，为国为民为家乡。

想想想，心里亮，新苦旧苦不一样。
旧苦本是血泪史，暗无天日夜茫茫。

新苦本是灭旧苦，卫国卫民卫家乡。
新苦本是幸福泉，祖国山河换新装。

东海战士汗水淌，发发炮弹装填忙。
不畏烈日似火场，时刻准备上战场。

第四章 战斗

国防部长下命令[②]，炮击金门保国防。
东海战士炮排长，怒射炮弹出炮膛。

一五二炮稳准狠[③]，敌军阵地一扫光。
红领巾戴炮口上[④]，英雄炮班威名扬。

东海滔滔万顷浪，革命战士眼睛亮。
任凭风浪扑面来，威武屹立高山岗。

五洲震荡风雷响,东海战士忠于党。

四海翻腾云水怒,东风万里红旗扬。

1965 年 2 月 4 日至 2 月 28 日写于福建南安

注:

① 1949 年老排长家乡解放,光荣参军。

② 国防部长彭德怀。

③ 口径 152 毫米的榴弹炮。

④ 当地少先队员慰问英雄炮兵阵地,将红领巾戴在炮管的炮口上。当时的《解放军报》上有照片发表。

3. 咏东海

今晨站岗归来,思绪万千,有感而发。吟诗曰:

东海万顷水横流,
激浪一吞江河入海流。
旭日苍苍海茫茫,
曙光万丈照九州。

风雷震荡云水怒,
中华儿女自力锁苍龙。
雄文四卷乾坤定,
东风高歌压西风。

1965年2月20日写于惠安县惠女水库畔临时营房

4.第一封家信

——记一位新战士入伍后的第一封家信

星期日，操练停，
写一封信寄家中。
参军只有一个月，
却有千件大事印心中。

左右想，心激动，
心儿跳得喜怦怦！
写信不知从何起，
写信不知何处停。

是写
　　穿上绿军装，
　　红星闪闪多威风！
是写
　　连队首长战友好，
　　亲切关怀兄弟情。

是写
　　闽南风光好，
　　龙眼荔枝稻米丰。

六十年时间空间，六十年初心不变
六十年思想记录，六十年永恒情感

是写
　　　　我的身体壮，
　　　　又增加了两斤重。

忽见
红旗飘飘太阳升，
《发武器大会》涌心中。
会场庄严又隆重，
指导员亲手把毛主席著作，
送到我手中。
战士的心啊，
心心向党，
颗颗火红。

捧着毛著心激动，
雨露滋润我心中。
滴滴雨露润我心，
怀揣红书干革命。
任凭狂风恶浪起。
巍然屹立永不动。

捧着毛著心激动，
一轮红日升心中。
《第一支枪》紧握定，
《第二支枪》才方向明。

干革命，
　　　毛主席著作记心中；
学雷锋，

永做革命的螺丝钉。

这件事,

爹娘听了一定最高兴。

1965年3月28日于福建南安县洪赖镇军营

5. 五好战士花赞

在福建前线炮兵连队下连当兵五个月,月月都被评为五好战士。在每次评选结果的红星榜公布后,我都会写一支歌,抒发当选的感悟,表达自己的思想情怀。到六月份,因总字140部队有紧急任务,而提前结束下连当兵,回到沈阳东大营总部。特将这五首小诗汇集如下。

一戴五好花,心里乐开花。
切忌骄傲敌,月月戴红花。

1965年2月8日

二戴五好花,心里萌新芽。
立下雄心志,思想革命化。

1965年2月27日

三戴五好花,丹心映红霞。
自满不警觉,有碍革命化。

1965年3月31日

四戴五好花,感情有变化。
汗水洗我心,普通劳动者。

1965 年 4 月 30 日

五戴五好花,战士多称佳。
愿和雷锋比,毛著放彩霞。

1965 年 6 月 1 日

6. 庆八一抒怀

今天,我是穿着绿军装,戴着红领章和红帽徽,庆祝八一建军节的。心中格外激动,吟诗抒怀。

二七年,
多苦难。
帝官封,
云遮天。
南昌城头枪声响,
曙光普照九州天。
刀枪画戟工农兵,
武装斗争夺政权。

四九年,
红旗卷。

天安门，
举国欢。
革命檄文飞全球，
主席声震宇宙天。
中华儿女凌云志，
五星红旗开新篇。

六四年，
歌声欢。
原子弹，
震西天。
科学试验创奇迹，
三尼兄弟全垮台。
人民笑谈纸老虎，
东风高歌西风衰。

庆八一，
全球看。
形势好，
红旗艳。
南越椰林怒火燃，
打倒美帝声震撼。
两弹一星①干到底，
胸怀世界读四卷。

  1965年7月28日写于沈阳东大营总字146部队

注：
①两弹一星是指原子弹、导弹和人造地球卫星。

7. 新天水亲手开创

——来天水抒怀

附记：奉中央军委命令，实行部院合并，整建制转业地方。炮兵科学技术研究院六所于1965年8月整建制规划为五机部六所。命令并要求于1965年9月9日整体搬迁至甘肃省天水县二十里铺的一处旧军营房。有诗云之：

好儿女志在四方，
怀祖国奋战边疆。
为革命披荆斩棘，
搞科研不挑战场。

奔天水心乐志昂，
吃大苦无限荣光。
新天水亲手开创，
十年后硕果满仓。

1965年9月27日写于天水县二十里铺

8. 天水新年晚会随笔

在这欢乐的晚会上,
我的心儿在激烈地跳荡。
在这 1965 年的最后时光,
我正站在走向新生活的起跑线上。
在这 1965 年的最后时光,
我心中涌起多少美好的回想。

一年前的今天晚上,
我正站在东海之旁。
面对万顷波涛,
守卫着祖国的海疆;
面对金门岛,
时刻准备上战场!

一年后的今天晚上,
我正欢唱在渭水之旁。
面对巍峨的秦岭,
战斗在科研战线上;
面对东去的渭水,
我爱上了天水这新的故乡。

两种岗位，两个地方。
任务不同，目的一样。
为革命，福建前线把兵当，
　　　　渭水之滨换民装。
为革命，洒尽热血心不变，
　　　　四海奋斗皆荣光。
有多少烈士啊，
　　　不怕断头鲜血淌。
有多少烈士啊，
　　　碧血染旗更辉煌！
江姐刑前红梅唱，
刘胡兰铡刀压颈心不慌，
董存瑞昂首举炸药包，
黄继光枪口挺胸膛！

有千万烈士，
　　　才换来了今朝的新时光。
有千万烈士，
　　　才换来了我们今天欢聚一堂。
决不能忘记过去啊，
　　　亲爱的同志！
决不能忘记现在啊，
　　　全世界正在分化动荡。

听一听，
　　　南国门外枪声阵阵炮声响。
数一数，
　　　国门外有多少美国强权在猖狂。
看一看，

　　　　全世界有多少阶级兄弟未解放。
算一算，
　　　　亚非拉有多少斑斑血迹和创伤。
更有那，苏美勾结搞交易，
　　　　梦想全球称霸王。
革命风雷，五洲震荡。
革命洪流，谁能阻挡！
干革命，不怕牺牲坚如钢，
　　　　个人一切可抛光。
干革命，永远跟着毛主席，
　　　　学习雷锋好榜样。

1965年12月30日写于天水一室新年晚会

9. 把红心全部献上

——为庆祝五一劳动节而作

五洲震荡，红旗飘扬，
革命凯歌，响彻四方。
我们的祖国蒸蒸日上，
我们前进在革命大道上，
伟大舵手毛主席指引着前进的方向。

伟大领袖毛主席啊，
您是我们心中的红太阳！
您的书像战士手中的武器，
　　　像粮食空气方向盘一样。
您的书是我们一切工作的最高指示，
　　　是我们一切行动的最正确方向。

毛泽东思想像雨露阳光，
雄文四卷永闪光芒。
我们要把您的话牢记心坎上，
您怎么说，
我们就怎样做，怎样想。
为革命，为人民，
我们要把红心全部献上。

1966 年 4 月 28 日写于天水一室

10. 卜算子·赠周福松同志①

雪里梅花笑，
百花一时空。
六盘山下千里冰，
胸中有雷声。

日夜念北京，
革命路线胜。
心中太阳更艳丽，
永忠毛泽东。

1966年10月18日写于天水一室

注：

①周福松，我的战友。北京工业学院毕业。我与他同时在沈阳炮兵科学技术研究院入伍，同时在福建前线下连当兵，同时在沈阳一室工作，后来，又同时举行婚礼，同时参加兰州学习班，同时在洋县五七干校下放劳动。在洋县五七干校后，福松和夫人孙毅同时调中国科学院大连化学物理研究所工作。我和夫人瑞湘同时调北京七机部四院四十五室工作。

11. 洋县五七干校感怀

一九七〇年的春天，
在静静流淌的汉江之畔，
有几座白墙草顶的农家大院，
这里就是二院洋县五七干校①。
这里没有教室、黑板，
这里只有荒芜的土地一片。

来这里学习的人，
按体能不同分班。
有大田班，饲养班，
牛马班，养猪班，
蔬菜班，炊事班，
后勤班。
我是壮劳力，
被分配在大田二排四班。

大田班的战士啊，
在冬天的凛冽的寒风中，
穿着单衣，
大修水平梯田，
挖土推车热火朝天。

为现实农业学大寨,
忘记了全身的疼痛和疲倦,
累也心甘。

大田班的战士啊,
在春天的春雨添流汉江宽的溪流中,
手持小苗带土移植下水田。
冰冷冷的泥土,
刺骨的寒。
为在汉中平原试种双季稻,
忘记了腿疼,腰酸,
疼也心甘。

大田班的战士啊,
在夏天的烈日炎炎下水田,
锄草、施肥、灭虫全关键。
蚂蟥吸血钻腿肉,
蚊虫成群扑面来。
为夺取早稻大丰收,
忘记了个人安危,
苦也心甘。

大田班的战士啊,
在秋天的碧水青山菊花黄的田野中,
挥动镰刀上战场。
早闻钟声下地去,
日落西山才收晌。
为了稻谷满囤,猪满圈,
喜更心甘。

六十年时间空间,六十年初心不变
六十年思想记录,六十年永恒情感

一年的劳动汗水洗涤了我们的心灵，
一年的艰苦劳动粉碎了我们派性的屏障。
洋县五七战士们痛下决心，
回所后从头开始新的一章[2]。

1970 年 12 月 15 日写于陕西汉中地区

洋县二院五七干校

注：

①按国防科委决定，本所整建制规划七机部第二研究院，代号二院二一〇研究所。

②本干校 1971 年 12 月 25 日结业，返回本所总部。此时，本所总部已全部由天水搬迁至陕西省户县太平峪。

第四篇

航天四院四十五室工作十一年

(1973.8—1984.4)

1. 又一次从头开始

干校过后回太平①,机构调整初完成。
按照科委新文件②,决定下马炮固冲。

天水五室按命令,领导骨干各西东。
瑞湘不愿到学校③,同意调出二一〇。

四十五室新组成④,方向明确任务定。
十一大化主力军,本人皆属外来兵。

全室拧成一股绳,誓把固液干成功。
下定决心从头干,不枉清华走一程。

1973 年 8 月 5 日写于北京云岗四院四十五室

注:

①洋县五七干校结业后,回所工作。当时全所已由天水县二十里铺搬迁至陕西户县太平峪。

②按 1971 年 8 月 15 日国防科委会议文件,撤销反导工程炮固冲研究室建制。人员在本所内按专业分配工作。

③瑞湘不同意到本所子弟校(户县六中)任外语教师。

④四院四十五室按国防科委文件成立。主要由一院十一所十三室和中国科学院大连化物所某研究室合并组成。

2. 第一次看冰灯

哈尔滨站前广场①,
两只冰狮立路旁。
北京来客好惊奇,
围转三圈细端详。

滨江公园冰灯展,
冰塔冰洞冰殿堂。
玲珑剔透冰世界,
璀璨明珠一绝唱。

1974年2月写于哈尔滨某一招待所

注:

① 1974年春节刚过,我一人去齐齐哈建华厂出差。经哈尔滨中转火车。在此期间,观看冰灯展,游览街市,并到赵鉴同志的姐姐家看了其长女冬冬。

3. 第一次坐飞机

塞外青城百花艳①,
无际草原绿漫漫。
白塔机场迎远客,
一只银燕飞上天②。

窗外白云似棉团,
俯看燕山似龙蟠。
不知不觉北京到,
疑似长空一神仙。

1977年8月7日写于北京云岗四院四十五室

注:

①呼和浩特市又名青城。1977年8月1日到内蒙古航天四院出差,正是内蒙古金色的季节。

②第一次乘坐安–12飞机回到北京首都机场。

4. 沉痛悼念敬爱的周总理

一九七六年一月八日，
我们敬爱的周恩来总理的心脏
　　　　停止了跳动！
一九七六年一月八日，
北京刮着猛烈的寒风。

啊，敬爱的周总理，
全中国的江河都在为您悲哭，
全世界的海洋都在为您哀恸。
您在八亿中国人民心中，
激起了深切的悲痛。
您在全世界人民心中，
激起了无限的哀悼之情。

啊，敬爱的周总理，
您是伟大的马列主义者，
您对伟大的毛泽东思想无限忠诚。
面对帝国主义的谩骂，
反华势力的诽谤，
您的无产阶级革命立场无比坚定。

啊，敬爱的周总理，
您是真正的人民英雄，
您的英名已传遍宇宙。
人民高兴，您高兴。
人民痛苦，您痛苦。
人民幸福，您幸福。
您为人民服务尽瘁鞠躬。

啊，敬爱的周总理，
您工作日理万机，一丝不苟。
您病魔缠身，仍坚持斗争。
哪里有工农，您就在哪里。
哪里有困难，您就在哪里。
哪里有灾害，您就在哪里。
您和人民心连在一起，生死与共。

啊，敬爱的周总理，
您为革命立下了伟绩丰功！
人民需要您，
人民想念您，
人民热爱您。
您的伟大的革命精神，
　　已经深深铭记在人民心中。
您树立的光辉榜样，
　　人民将永远传颂。

　　　　　1976 年 1 月 11 日写于云岗四十五室

5. 深切悼念伟大领袖毛主席

九月九日,
全国人民的心啊,
承受着巨大悲痛。
亿万人民的脸上,
满是无产阶级的革命悲情。

九月九日,
伟大的领袖,
英明的导师,
与世长辞了,不,
您虽死犹生!

九月九日,
敬爱的毛主席啊,
您永远活在人民的心中。
您的光辉思想,
照亮了我们斗争的道路,
引导我们走向胜利的征程。

九月九日,
我们化悲痛为力量。

有了您的思想，我们就战无不胜。

千难万险脚下踩，

高山峻岭可攀登。

1976 年 9 月 12 日写于云岗四十五室

6. 美轮美奂彩晶灯

三中全会掀雷声①，国民经济大调整。
国防科研将压缩，固液火箭被叫停。

面临形势大变化，四十五室心浮动。
领导号召大团结②，全室拧成一股绳。

开发民品早起动，各组人马显神通。
全力撑起粒子云，创新合成锂铝氢③。

固体酒精新燃料，工艺创新一发明。
山东制成硫酸镍④，河南精炼棉沥青⑤。

五组技术力量强⑥，江苏武进派精兵⑦。
超薄塑机新设计，全力研仿彩晶灯。

彩晶灯，亮晶晶，电源一开现彩虹。
上下翻腾群星舞，左右旋转七色星。

美轮美奂彩晶灯，高新科技精工成。
本是体委一礼品，启迪思路一明灯。

全组上下齐上阵，精心设计精加工。

关键技术一一破，部展会上夺头名⑧。

1981年12月写于云岗四十五室

1982年12月修订

注：

①系指1978年中共十一届三中全会。中国开始实行改革开放。

②当时书记秦长宁，主任马作新，副主任陈善禄、瞿兴寿。

③胡美华等同志。

④陈孝崇等同志。

⑤黄学才等同志。

⑥当时组长徐海江，副组长曹宏伟、浦尔权。

⑦系于兆范、王祖康。

⑧系航天部民品展示会。

7. 悼张守政同志英年早逝

守政同志患肝病，林娥同窗夫妻情①。
全组同志分重担，科研任务保完成。

守政住院肝病重②，全组轮流护理工。
不怕肝病有传染，相扶相伴战友情。

守政北航高才生，革命立场最坚定。
科研工作不怕苦，英年早逝齐悲声。

1982年3月写于云岗四十五室

注：
①宋林娥，北航同班同学，本组同事。
②张守政，1940年生，属龙，终年42岁。

8.全体户口落北京

航天部里传佳音,四十五室户口定①。
部里又加新批示,建制解散留北京。

一听户口落入京,全体上下齐欢腾。
没有户口十年整,有谁知其苦中情。

孩子上学没户口,同学之中低一等。
老师课堂心来潮,站立清点借读生。

猪肉鸡蛋芝麻酱,冬储白菜萝卜葱。
带鱼花生粗粉条,全凭副食本供应。

没有户口没有本,副食供应无保证。
开始还按团体售,一年过后亦叫停。

有人不禁会发问,为何死死赖北京。
官说理由许多个,百姓只为子前程。

蓝田三线早开工,工房分布山散洞。
中小学生农村校,一进大山难回城。

副食供应想途径，自力更生方向明。
南下良乡奔洛平，猪肉鸡蛋市场丰。

房前屋后边角地，自产蔬菜鲜灵灵。
骑车勤去朱家坟，带鱼黄鱼装袋中。

如今户口落北京，三十六楼快建成[2]。
安居乐业一身轻，新岗位上建新功。

1983 年 10 月写于云岗田城东里

注：

①在国防科工委主任张爱萍的直接关心之下，四十五室全体成员于 1983 年落户北京。

②云岗北区东里 36 楼。

第五篇

航天三院三十一所工作十四年，退休返聘工作十二年
(1984.4—2010.4)

1. 再一次从头开始

北京户口全落定,四十五室寿命终。
航天部里发文件,融入三院各西东。

有人分到总体部,有人分到三一〇,
有人分到院机关,也有个别进京城①。

三十一所周钟灵②,慧眼丹心选才能。
林杨任何四骨干③,纳入五室强阵容。

我被分到五〇二④,组内已有十一名。
来自北航等名校,技术岗位全站定。

组内排位第十二,研究火箭可靠性。
又是一次从零始,四十六岁开新程。

××八号方向定,刻苦钻研创新功。
边缘学科立课题,乱象丛中探究竟。

漫漫坎坷人生路,四十不惑常提醒。
自强不息不气馁,厚德载物无怨声。

少说多干真心干,困难实干不为名。
决心干好十四年⑤,技术职称上高工⑥。

1984年6月写于北京三十一所五室

注:

①大多数人按专业分配到三院各厂所,有少数人为照顾家庭实际困难,分配到北京市内某些单位。

②周钟灵,三十一所五室主任,后升任副所长。

③系指林金镕、杨培青、任国周、何益洲。后来4人全升任研究员。

④五〇二组,组长任宝珊,副组长钟显明。任宝珊后来升任五室主任。

⑤按法定退休年龄60岁计算。

⑥指高级工程师。

2. 抚仙湖抒怀

型号岗位一年整,飞行试验担重命。
远赴云南抚仙湖,××八号新征程①。

抚仙湖畔澄江城,××基地七五零。
四面环山一翠湖,水深千尺波涛涌。

发射阵地布重兵,技术阵地练硬功。
航天战士意志坚,万无一失保成功。

发射进入倒计时,一声令下全撤离。
现场只留两个人,解锁保险控制器②。

一片寂静甚恐惧,精心操作控制器。
指示红灯转绿灯,发射进入战斗级。

一声点火命令下,导弹怒吼震长空。
观测站点齐报告,一片欢呼庆成功。

1985 年 6 月写于云南抚仙湖

注：

①1985年5月至6月，所派任宝珊、任国周、曹郁国、王凤玉四人执行试验任务。

②本程序由本专业技术人员完成。

3. 苏州雕花大楼略记

××八号将定型①，三级鉴定要先行。
装药研制八〇六，钓鱼台内八年功②。

苏州东山雕花楼，会议热烈又隆重。
设计文件由谁签，北京上海起纷争③。

海军代表陈广才，力排众议明分工④。
科学研究结硕果，世界一流新水平。

太湖波涌游东山，日月同辉传佳篇⑤。
神仙过此常驻足，幽境乐极人思还⑥。

1986年8月21日写于江苏苏州雕花大楼

注：

①按海军定型委员会发文执行。

②上海航天局八〇六所，位于浙江湖州市钓鱼台。

③三十一所和八〇六所，对一个设计文件的签署，在会上产生了争议。

④上海航天局海军总代表陈广才,提出解决方案,被会议采纳。
⑤相传在中秋节登东山,可见日、月同辉。
⑥此处为人、任同音。意即本人即刻回京工作。

4. 身肩重担第一程

××八号六六中,军民欢呼庆成功①。
导弹簇中一枝花,万里海疆一长弓。

海装又提新性能,××八甲命新名。
命中精度超飞鱼,护卫舰上再定型。

三部下达任务书,××八甲指标定。
设计改进有三项,全面提高可靠性。

全院组织试验队,葫芦岛上打飞行。
我为设计责任人,身肩重担第一程。

海军基地陈传信②,技术负责上校兵。
军民协力共操作,测试装箱双签名。

二号阵地看发射,茫茫大海寂无声。
一声惊雷震天响,海上靶标直命中。

1988年9月28日写于锦西海军招待所

注：

①系指××八号定型飞型试验六发六中。

②陈传信，初授海军上校，后升任海军大校。

5. 渤海湾上放歌声

××八甲又进场①，
护卫舰上打飞行。
海上靶标计成绩，
三发导弹全命中。

首次登上护卫舰，
心旷神怡好威风。
军民奋斗三十天，
渤海湾上放歌声②。

1990年12月4日写于锦西海军招待所

注：

①本所参试人员有刘双俊、雷明明、本人、李德国、曹郁国、刘国芳、孙静。

②1989年8月本人荣立个人三等功。

6. 南国醉人不思乡

南海贮试八年整，使用寿命待评定。
实地验收试验终，北京试车打性能。

藏副所长任队长，技术责任由我扛。
秀荣晓凤王春英，丽娜晓东五女将。

三院代表姚令起，海军代表黄恩光。
岗位责任细分工，宿过南宁到湛江。

赤坎军营摆战场，外观检查细测量。
温湿度值数百卷，军民同心为国防。

任务完成离湛江，人去海南自观光。
我经广州到深圳，探视岳母身健康。

贞慧老太驾鹤去，遗言骨灰葬北京。
昆生瑞宁全家好，毛毛中考向前冲。

那时深圳早开放，观光电梯好时尚。
振达玉阶设便宴①，人到深圳似留洋。

又到上海会善昌②,八〇六所排故障。
定位准确机理清,措施有效高质量。

连续奔波一个月,正是南国好春光。
碧水为帘山头挂,景色如画似天堂。

峰峦叠嶂满山绿,流水潺潺雾茫茫。
百鸟喧啼花争艳,南国醉人不思乡。

1991年4月7日写于湖州钓鱼台招待所

注:
①系指深圳振达公司,胡玉阶同志。
②与邱善昌主任在上海会合后,再到八〇六所。

7. 龙庆峡景扬四海

龙庆峡谷一线天，
溪流潺潺绕山间。
兴修水利抗旱灾，
筑坝蓄水溉农田①。

历经沧桑三十年，
龙庆峡景扬四海。
湖上泛舟峰秀转，
塞北美景胜江南。

1991年9月12日写于三十一所五室

注：

①据介绍，1958年兴修水利，村支书率领公社社员筑坝围堰，蓄水灌溉农田。后经几代人的不断努力，逐渐形成今天的龙庆峡旅游风景区。

8. 百思不解古崖居

附记：游后有感，并记录游中一趣事。

延庆西北古崖居，千古奇谜无人知。
历史书上无记载，民间流传亦少奇。

峡谷平坦林木稀，依山开掘似居室。
似洞非洞似人居，上层下层连一体。

居室大小分等级，灶台食物似储室。
无踪部落一遗址，百思不解古崖居。

宋氏立兰古崖居，淡妆素抹黄上衣。
我和张诚齐声赞，古崖居上一靓女。

1991年9月12日写于三十一所五室

9. 井冈山精神放光芒

姚总做出新批示①,合作新开六二〇。
委派三院四人团②,实地考察做决定。

江西南昌六二〇,庆荣总师车站迎③。
经纬厂在泰和县,距城四十大山中。

为龙主任亲陪同,驱车一天达黄坑④。
厂房散布五指沟,青山绿水环抱中。

认真考察细细听,有问有答记本中。
服务航天有真功,井冈精神令感动。

朝辞泰和上井冈,星星之火闪金光。
黄洋界上炮声响,峥嵘岁月永不忘。

惜别井冈回南昌,起义馆听第一枪。
八一碑前怀英烈,滕王阁上观赣江。

一别武汉廿七年⑤,国庆兄姐常思念。
饮水思源成长地,告假三天去武汉。

六十年时间空间,六十年初心不变
六十年思想记录,六十年永恒情感

武汉面貌大改观,兄姐年高鬓发衰。
三个外甥全成家⑥,合家幸福乐陶然。

1991年12月13日写于三十一所五室

注:
①姚绍福,三院院长,中国工程院院士。
②系指陈春秋处长、任宝珊主任、本人、李浔。
③系指沈庆荣、靳为龙。
④地名,经纬厂所在地。
⑤系指1964年大学毕业后,第一次回武汉。
⑥系崔秀清、崔新民、崔新成。

10. 洛阳感怀 二首

一、牡 丹

牡丹花开知时节，
一年一岁牡丹殇。
欲观牡丹真国色，
牡丹节知花中王。

二、龙门石窟

历史长河一画卷，
千年帝都洛阳城。
龙门石窟佛千尊，
伊河潺湲闻涛声。

1992 年 5 月 18 日写于洛阳 014 中心招待所

11. 大智大慧五台山

附记：1.1994 年 7 月 22 日，经清西陵、平型关到五台山召开技术成果鉴定会。张振家所长亲临会议。在五台山，我和张所长首次握手。茅蓬山庄据说是林彪的夏季别墅。

2.五台山乃聪敏、无垢、虔儒、礼师文殊菩萨之圣地也。

迢迢云水陟峰峦，
渐觉清凉宇宙宽。
花满山冈堆锦绣，
日落西山火一团。

晨登东台千尺峰，
身在翠薇秀芙蓉。
山下浮云遍如海，
恍如白浪足下生。

千年宝刹瑞气开，
茅蓬山庄铸新篇。
文殊菩萨何处在，
众生高步登五台。

1994 年 7 月 26 日写于五台山茅蓬山庄

12. 庆祝抗日战争胜利五十年感怀

附记：9月22日，五室党支部书记韩德山组织全体人员参观卢沟桥中国人民抗日战争纪念馆。思绪万千，吟诗曰：

七月七日睡狮醒，
杀敌何人计死生。
抛洒热血英雄慨，
挥刀劈敌存英名。

同仇敌忾战东瀛，
中华儿女建奇功。
庆祝胜利五十年，
满怀忧愤尚难平。

1995年9月22日写于三十一所五室

13. 首次进场不报捷

××八三展雄风①,
新型动力增航程。
掠海飞行一百二,
导弹簇中一新兵。

发射阵地苇塘蒲,
向南偏西过绥中。
首次进场不报捷,
试验团队不庆功。

1995年11月25日写于兴城三院招待所

注：
1. ××—83首次进场测试,张振家所长亲自带队。

14. 伊朗专家团生活片断 五首

附记：1996年3月7日至1996年4月22日，全团42人，其中女士10人。在伊朗共同奋斗了四十七个日日夜夜。在那难忘的日子里，专家们认真负责，团结互助，密切配合，事业有成，将军电贺。有感，欣然命笔。

一、初识设拉子

设拉子，旅游城，
环山抱，绿茵坪，
空气新，街道净，
自行车，影无踪。

蝴蝶花，万紫红，
迎春花，喜盈盈，
伊少女，黑斗篷，
关不住，满目情。

公园里，亦安静，
男和女，不调情，
观春色，记心中，
全家乐，感情浓。

商店里，物资丰，
售货员，多男性，
长驻足，主动迎，
本老外，囊中空。

1996年3月14日写于伊朗设拉子

二、撒丁墓

设拉子，名胜城，
城东北，埋撒丁。
大诗人，梦长城①，
著《果园》，留英名。

长城下，众后生，
越万里，来瞻凭。
扶灵丘，心相通，
保幸福，保安宁。

1996年3月19日写于伊朗设拉子

注：
①撒丁，大诗人，著诗集《果园》，书中赞美中国的伟大长城。

三、游克拉门

克拉门前满春光，春游度假喜洋洋。
西山绝壁多流水，东山野花遍地香。

一块地毯铺地上,合家欢乐野炊忙。
大饼黄瓜西红柿,返璞归真度时光。

    1996 年 3 月 29 日写于伊朗设拉子

四、亦醉亦陶然

驱车百余里,野炊特鲁丹。
雪山润湖水,清澈碧蓝蓝。

有人戏湖水,有人踢球玩。
有人打扑克,有人爬山涧。

有人独静思,有人醉书苑。
有人梦故乡,有人侃大山。

高峡出平湖,异国蟠桃园。
风景美如画,亦醉亦陶然。

    1996 年 4 月 12 日写于伊朗设拉子

五、野炊生活有新欢

周工李工登南山[①],鼓足干劲往上攀。
李工眼明见异物,周工腰带绑龟还。
一龟激起千层浪,野炊生活添新欢。

有数龟甲十三片,有估龟龄六十年。
有与山龟同合影,有给山龟洗澡玩。

有说山龟吉祥物，应把山龟放回山。

送龟回山多隆重，前呼后拥七女男。
披荆斩棘寻原地，依依惜别归巢前。
周李孙潘丁胡黎②，送龟还家完心愿。

1996 年 4 月 12 日写于伊朗设拉子

注：
①系指周正裕、李中民。
②系指周正裕、李中民、孙恢礼、潘俊东、丁建鸣、胡宝环、黎莉。

15. 庆香港回归祖国感怀

香港回归祖国兮，
　　全国人民欢腾。
忆近百年历史兮，
　　人民义愤填膺。
大清王朝皇帝兮，
　　割让香港给英。
伟大香港人民兮，
　　渴望百年归宗。

国家主权神圣兮，
　　一国两制小平。
海陆空军进驻兮，
　　彰显国威雄风。
五星红旗飘扬兮，
　　威震香港上空。
国防科研儿女兮，
　　誓为祖国尽忠。

1997年7月1日写于兴城三院招待所

16. 九七年两度进场靶试感怀

一年两度进靶场，先悲后喜苦甘尝①。
首度两发两连败，故障定位动力上。

导弹动力是心脏，创新设计自研仿。
地面研试八年整，首次装弹打飞航。

六月九日第一响，一五三秒入海沧。
全程设定三百秒，提前入水现故障。

首发失败有原谅，万事开头难无殇。
再接再厉查原因，领导鼓励创辉煌。

七月四日第二响，十六秒钟入海沧。
振家泪洒苇塘蒲，目睹阵前溅巨浪。

会餐桌上有茅台，动力郁闷不思餐。
浪花淘尽英雄汉，酒仙沉寂瓶不开。

两总亲临餐桌前②，亲开茅台酌杯间。
气定神闲举起杯，心如止水别样天。

动力总体全正确,问题出在些微间。
重在提高可靠性,故障归零在试验。

两次失败众不爽,众人投来别样光。
窃窃私议故障事,领导谈话问周详。

礼恒透露总倾向③,国产再败用法航。
代表传达首长意,定型装弹用原装④。

连打两发两连败,责任全在动力上。
动力团队压力大,一曲船歌解忧伤⑤。

上级决定暂撤场,七月北京排故障。
连续奋战四个月,再进靶场打飞航。

二度进场斗志昂,动力台台闪银光。
故障归零下真功,万无一失保飞航。

渤海湾上三声响,连打三发三正常。
掠海飞行按大纲,发发击中靶中央。

十二月三日雪花飘,漫天皆白关东道。
欢笑挥别兴城站,意气风发斗志高。

京城一片艳阳天,欢迎横幅展月台。
党群处长迎战友⑥,簇簇鲜花庆凯旋。

1997 年 12 月 5 日写于三十一所五室

六十年时间空间,六十年初心不变
六十年思想记录,六十年永恒情感

注：

① 1997年5月22日至1997年7月11日，首度进场。本次参考人员张振家、庞重义、张泰保、支道义、唐欣、王福利、苗长林、本人、屈红霞等九人。

1997年11月10日至1997年12月3日二度进场。本所参试人员有张振家、庞重义、姚家骥、冯彦、唐欣、本人、李东元、宋世龙、屈红霞等九人。

② 姚绍福总设计师、黄瑞松总指挥。

③ 王礼恒，中国航天工业总公司副总经理，曾任三十一所副所长。

④ 系法国某航空公司生产的原装机。

⑤ 系歌曲《小小乌篷船》。

⑥ 三十一所党群处处长郭翠萍。

17. 六十大寿纪实

今成六十大寿翁，所里下达退休令。
英勇奋斗卅四年，国防科研伴我行。

工作单位三起程，九年下马二一〇。
十年固液又解散，三十一所才建功①。

十四年苦成果丰，八九荣立三等功②。
九七优秀党员评，同年研究员职称。

部级成果奖四项③，九篇论文学刊登④。
中国专家伊朗行⑤，清华学子不虚名。

1998 年 6 月 7 日写于三十一所五室

注：

① 1984 年 4 月调入三院三十一所工作，时年 46 岁。连续从事某三型号研制工作 14 年。

② 1989 年 8 月，在某型号研制中，荣立个人三等功。

③ 在三十一所工作期间，获得航天部级科技进步奖四项，其中二等奖两项，三等奖两项。

④ 在三十一所工作期间，在《推进技术》《航天工艺》《上海航天》《固体火箭技术》等核心期刊上发表专业技术论文九篇。

⑤ 1996 年 3 月至 5 月，参加中国专家团到伊朗执行任务。

六十年时间空间，六十年初心不变
六十年思想记录，六十年永恒情感

18. 凯歌振兴城

××八三打定型,集结精兵到兴城。
海军基地总动员,一六七舰随待命。

六发导弹打定型,飞行大纲详规定[①]。
有的规定打齐射,有的规定打短程。

有的规定打扇面,有的规定打全程。
有的规定高弹道,有的规定掠海行。

排列组合巧设计,命中概率计算精。
六发五中成绩良,六发六中高水平。

八三总师姚绍福,运筹帷幄志坚定。
总师助理蔡树华,一丝不苟方向明。

动力总师张振家,心系动力似生命[②]。
主任设计庞重义,事无巨细精求精。

设计团队众精英,军民团结保成功。
专心测试精操作,双想活动贯始终。

海军基地下命令，一六七舰破浪行。
科研人员登上舰，指定海域等命令。

一声点火指令下，一条火龙震苍穹。
双发齐射最壮观，间隔只有五秒钟。

观测站点齐报告，正常，正常，直命中！
正常，正常，直命中！六发六中展雄风。

兴城基地鞭炮响，五彩焰火舞长空。
举杯痛饮胜利酒，桌桌茅台瓶瓶空。

三十一所头冷静，万里长征刚起程。
振家所长歌一曲，胜利凯歌振兴城[③]。

1998年12月16日写于兴城三院招待所

注：

① 1998年10月22日至11月10日，1998年12月2日至12月16日，试验队先后两度进场，研定结合打飞行实验。

② 本所参试人员有张振家、庞重义、姚家骧、张朝先、万学波、本人、朱家元、李东元、宋世龙、刘振德、屈红霞等。

③ 1999年1月，本人荣立个人二等功。

19. 登峨眉山 二首

一、金顶感悟

峨眉山矗立云中①，耸拔高出五岳峰。
普贤白象坐金顶，云生足下波涛涌。

流水潺湲声可听，松风动处有禅钟。
莫道此间真险峻，前途犹有最高峰。

二、金猴童趣

峨眉金顶放异彩，航天战士观光来。
群猴列队迎远客，紧密接触乐开怀。

1999年5月4日写于北京三十一所五室

注：
①峨眉乃教十大愿，尤以恒顺众愿为重之普贤菩萨之圣地也。

20. 游都江堰有感

千里雪山岷江源，
一泻千里出松潘。
天府之国禾鱼美，
万众齐颂都江堰。
二王神庙升紫烟，
千秋功德齐膜拜。
巧掘天工鲤鱼嘴，
降龙伏虎佑丰年。

1999年5月4日写于北京三十一所五室

六十年时间空间，六十年初心不变
六十年思想记录，六十年永恒情感

21. 观乐山大佛 二首

一

乐山大佛就山刻，
双手抚膝靠崖坐①。
高大威严势磅礴，
目锁三江镇妖魔②。

二

三江会乐山，
大佛坐江边。
镇妖锁苍龙，
世代保平安。

1999 年 5 月 5 日写于北京三十一所

注：
① 1999 年 4 月 23 日，参观乐山大佛。
② 系指岷江、青衣江、大渡河。

22. 夜宿雷洞坪

力学试验全完成，屈工报告下行程①。
顾所听后传信息，杜工猝死在家中。

安全第一要牢记，人员平安回北京。
贯彻安全责任制，意见要多听任工。

当晚召开工作会，屈工传达所内情。
太飞一听泪俱下②，即刻要回北京城。

师徒情深泰山重，一定要送后一程。
连夜直奔绵阳站，零点过后车轮动。

进山连试两周整，下山休整科学城。
工院提出两方案，南线北线自酌定。

北线锦绣九寨沟，道路崎岖路难行。
松潘草地无人区，高原反应曾丧命③。

工院做出新规定，客人不派人陪同。
成都交由旅行社，全部费用工院承。

南线乐山峨眉顶，都江堰边山青城。
客人专车有陪同，宾馆门票工院清。

试验队中人不同，意见南北各西东。
有人想去九寨沟，有人想登峨眉顶。

屈工开会来商议，最终意见听任工。
平平安安最幸福，不去九寨登金顶。

一车专载客八名④，处长专职来陪同。
先奔乐山拜大佛，当晚夜宿雷洞坪。

雷洞坪居半山顶，汽车爬山耳鼓鸣。
晚餐过后快休息，明早五时要登顶。

万籁俱寂雷洞坪，灯火阑珊有鼾声。
建民突来报信息，李哲感觉心绞痛⑤。

施处屈工全惊醒，请来医生诊病情。
输氧输液一齐上，零时钟声报安宁。

本招属于水利厅，医生设备齐运行。
如遇松潘无人区，发病只能问长空。

凌晨五时登金顶，又见李哲在前行。
事后多次对我讲，任工决定最英明。

1999年5月6日写于北京三十一所五室

注：

①1999年4月13日至4月27日，在四川绵阳中国工程物理研究院（简称工院）进行力学试验。屈红霞为队长，我为技术总负责人。

②蒋太飞，1998年来的大学生，与杜好学系师徒关系。杜好学在4月22日突发心肌梗塞猝死。太飞为谢师恩，见最后一面，送最后一程，而火速回京。一时被传为佳话。

③工院施处长说，有一位北京研究员，会后到九寨沟旅游。路过松潘草地时，因高原反应突发心脏病而死亡。

④系屈红霞、本人、孙有田、张浩、任东立、王成江、李建民、李哲。

⑤李建民与李哲同住一间房。

23. 国防科大结硕果

钟灵一行赴长沙①,
国防科大盛迎接。
东海课题细检查,
五年研究结硕果。
南岳衡山美如画,
峰顶进香祈福家。
青山环抱纪念陵②,
抗击日寇救中华。

2000年12月9日写于长沙国防科大招待所

注：
①周钟灵、本人、刘双俊、周建。
②系民国政府兴建的抗日战争纪念陵。

24. 三项鉴定一呵成

××八三将定型,
重要部件先鉴定。
振家所长亲挂帅,
鉴定小组人十名①。

刘洋立志谭汉卿,
本学任张周屈工。
总体代表程汉杰,
各施其职细分工。

首下江西经纬厂,
再转浙江湖州城。
三到上海新浦东,
三项鉴定一呵成。

南浔水榭藏书楼,
乌镇故居沈雁冰。
东方明珠登高处,
一览浦江眼底收。

连续战斗十五天,

三项鉴定全完成。
远望楼上一插曲②，
安全第一铭心中。

2000年5月26日写于北京三十一所五室

注：

①系张振家、刘洋、高立志、谭汉卿、侯本学、程汉杰、本人、张浩、周建、屈红霞。

②屈红霞在南昌远望楼不慎摔倒骨折，由侯本学陪同，提前乘飞机回北京。

25. 飞机又落德黑兰

飞机又落德黑兰①，军工贸易开新篇。
化整为零新创意，异国装成专家来。

一栋别墅美花园，御妹厨师理三餐②。
晨登阳台听鸟啼，晚绕花径看月圆。

基地岗楼机枪架，专车要过三道关。
德黑兰东二百里，常见野鹿会山川。

德黑兰北大雪山，五换缆车到雪线。
奋力再登一百米，清凉世界别样天。

德黑兰住二十天，公园巴扎不见鲜。
一日夜战东河谷，亲抓螃蟹烧美餐。

2001 年 7 月 3 日写于伊朗德黑兰别墅

注：
①有柯新和、胡伯龙、谢海波、本人、蒋太飞、张浩、刘国芳、饶兴福，还有一位翻译。
②据说厨师曾是前国王巴列维的妹妹的主厨。

26. 参观香河天下第一城

京东香河第一城①,开城迎客最隆重。
盛装皇上高头马,狂甩大鞭响三声。

宫娥彩女轻袖舞,文武百官鞠躬迎。
帅男美女高跷队,舞龙舞狮庆太平。

2002 年 4 月 14 日写于三十一所二室

注:
①三十一所退休站组织全所退休人员春游香河天下第一城。

27. 四十五周年所庆

科研大楼新落成，四十五年庆所庆。
楼前广场队列整，五星红旗冉冉升。

身着正装红领带，大门自动迎宾朋。
宽敞明亮会客厅，自动电梯到各层。

办公大厅窗明净，一人一位方格成。
工位板高一米四，工作台面呈 L 形。

侧立书柜自专用，办公座椅能转动。
工位面积二平米，一台电脑居台中。

网上办公现代化，电脑设计图生成。
校对审核网传递，集中打印送加工。

历史车轮卌五载，一代新人已长成。
老骥伏枥受尊敬，信息时代一新兵。

2002 年 12 月 3 日写于三十一所二室

28. 抗击非典 (SARS) 纪实

非典突降广州城，胡温体制布重兵[①]。
围追堵截防扩散，俱国平安保民生。

非典病毒传入京，来势汹汹病例增。
北京市府措不力，市长请辞孟学农[②]。

肺炎疾病非典型，处方治疗难确定。
查清病源早预防，人人自觉抗疫情。

全民动员抗非典，发热门诊建奇功。
疑似患者定隔离，确保一方享太平。

王佐镇村抗非典，发扬革命老传统。
村头设立检查站，没有"路条"禁通行。

老友仁海丽江游[③]，北京"疫客"少欢迎。
提前返回北京站，又遭喷药灭疫情。

2003 年 5 月 27 日写于北京三十一所二室

注：
①胡锦涛总书记、温家宝总理。
②北京市长孟学农。
③老朋友李仁海。

29. 游八达岭野生动物园

八达岭外动物园，高崖绝壁铁护栏①。
动物栖息野山谷，人乘笼车游山峦。

塞外野生动物园，凶猛野兽不入栏。
猛虎卧行全自由，虎见笼车视耽耽。

睡狮无视笼车来，想睡就睡好自在。
棕熊贪食常戏耍，围堵笼车拍窗栏。

动物园中观兽台，活鸡兔羊乃美餐。
猛兽群起来捕食，弱肉强食露倪端。

2003 年 9 月 10 日写于北京三十一所二室

注：
①三十一所退休站组织全所退休人员秋游八达岭野生动物园。

30. 延庆松山森林公园游记

附记：三十一所退休站组织全所退休人员春游北京延庆松山森林公园。

松山自然风景区，
塞外江南又一奇。
百瀑源头三跌水，
观景台上听鸟啼。

翠松参天林原始，
稀有物种立牌示。
鸳鸯石畔潺湲溪，
绿荫蔽日画中息。

2005年5月30日写于北京三十一所二室

31. 悼竺雅森老朋友

惊闻雅森病故去,遛弯老友同声泣①。
六年征程结友谊,趣事历历心头记。

谁家灯泡这么亮②,谁的肚皮闪银光③。
又是谁家小汪汪,百十公分手掌长④。

有曰北宫在北方⑤,一块巨石立路旁。
五人骑车去寻觅,一波三折奔西梁。

愿君乘鹤归天去,极乐世界多歇息。
书记冷暖少思念⑥,自有老友多惦记。

　　　　　2005 年 6 月 6 日写于北京三十一所二室

注:
①老朋友董玉荣、李仁海、殷清廉、魏伯谦、本人、杨兆国。
②一个秋天的晚上,皓月当空。竺老弟从南区 15 乙楼前过道出来,突然很认真地,又很不解地问道:"谁家灯泡这么亮?"一时成为笑料之一。
③一个炎热的夏天的晚上,遛弯到南宫八一影视基地大门口。老友们全穿白色跨栏背心。与门卫人员闲聊,并各自撩起背心,让门卫甄别谁的肚皮大,谁就是"腐败分子"。

④有一天，老友遛弯自娱自乐，相互逗乐。竺老弟说，他看见一条小狗，非常小，用手比喻只有手掌长，口里却说有百十公分，又引起哄堂大笑，并成老友们调侃的口头禅。

⑤北宫森林公园位于云岗的正北方。竺老弟在此之前曾去游玩过，并记得门口有一块巨石，书写着公园名称。2004年5月1日带五位老友骑自行车去游玩，但几经周折也没有看见那块大石头，而爬上了公园大门前西侧的一座小山包。又引起我们一阵欢乐。

⑥夫人赵茵，是我们退休人员党支部的一位书记。

32. 参观韩村河有感[①]

京郊明珠韩村河，华北大地一楷模。
田雄本是老三届[②]，立足本土改山河。

昔日七沟韩村河，土屋土灶土百差[③]。
低暗农舍一片片，难抵冬日狂风沙。

今日绿洲韩村河，绿街绿地绿阡陌。
独门独户三百米[④]，欧典风情住农家。

三十泥工白起家，鲁班精神创天下。
艰苦奋斗廿七年，韩建集团耀中华。

    2005年7月7日写于北京三十一所二室

注：
①退休站党支部组织党员红色之旅，参观北京房山区韩村河，对党员进行保持党员先进性之教育。
②田雄，本村的带头人，老三届中的高中毕业生。
③听讲解员说，百差是一条通清西陵的大路。皇帝祭灵时走百差，黄土铺道。
④一户的平均建筑面积达三百平方米。

33. 英魂永存　悼念狼牙山五壮士

驱车宛平城，参观纪念馆①。
拜祭抗日魂，党员要保先。

烽火四〇年，日寇呈凶顽。
三光冀中地，又扑太行山。

五位英雄汉，巧施迂回战。
诱敌入深谷，铁肩担苦难。

退守至山顶，绝崖横面前。
砸毁机关枪，不落敌人圈。

冲向绝崖处，纵身跳山涧。
三人魂归去，二人挂树尖。

有位葛振林，衡阳离休官。
终生保廉洁，光彩照人间。

今日保先进，不忘昔日艰。
牢记革命史，饮水多思源。

英兮易水畔，魂兮上青天。
永兮翠松柏，存兮后人间②。

2005年9月5日写于北京三十一所二室

注：
① 9月5日，退休站党支部组织共产党员参观北京宛平城中国人民抗日战争纪念馆，并进行保持共产党员先进性之教育。
② 在最后四句中，诗藏"英魂永存"四字。

34. 向赵波致敬

附记：1. 6月18日参加二室党支部组织的红色之旅。在白洋淀鸳鸯岛参观了抗战博物馆，缅怀了抗日战争中烽火冀中的英雄儿女雁翎队的艰苦卓绝的斗争史。又在大清河边，观看了小兵张嘎的原型赵波的展室。

2. 本次活动的主题是学习江泽民的"三个代表"重要思想，保持共产党员先进性。吟诗记之。

大清河畔赵波家，
英雄少年真张嘎。
雁翎烽火燃芦荡，
扫平日寇振中华。

2005年6月18日写于北京三十一所二室

35. 欢呼神舟六号遨游太空

神舟六号游太空，
中华儿女多豪情。
俊龙海胜有奇志①，
中国屹立第三名②。

自力更生航天路，
五代传人有真经③。
聂帅魂归酒泉地，
青年一代留英名。

2005年10月17日写于北京三十一所二室

注：
①费俊龙、聂海胜系两位航天员的名字。
②载人航天飞行，位居美俄之后。
③系指载人航天工程经历了五任总设计师。

36. 登南京中山陵有感[①]

钟山风雨,龙盘虎踞。
中山伟业,大江东去。

国家建设,遗志未竟。
天下为公,世界大同。

宝岛连战[②],破冰至诚。
伏祈灵鉴,甲子名荣。

海峡两岸,和平繁荣。
祖国统一,万世景从。

2006年6月24日写于南京航天晨光宾馆

注:
① 2006年6月24日,我和邵文清、牛余涛登南京中山陵。居宝顶远眺,有感而发。
② 2005年5月,中国国民党主席连战破冰之旅,实现国共两党六十年后的再握手。

37. 祥云火炬铭志

奥运火炬上珠峰,
航天科工受重命①。
飒爽英姿主力军,
老骥伏枥保成功②。

万事起步路不平,
方案论证下苦功。
精心设计多试验③,
奥运圣火展雄风。

2007年3月19日写于北京三十一所二室

注:

① 2006年1月17日,北京奥组委下达"关于委托中国航天科工集团负责北京2008年奥运会火炬珠峰燃烧技术攻关的函"。

② 2006年3月,航天科工集团发文,成立以青年为主力的(兼职)研制团队,其中有叶中元、任国周和朱家元为退休返聘的三位专家级研究员。

③ 2007年3月19日,在02台对珠峰火炬系统进行珠峰综合环境条件考核试验获得成功。

38. 登良乡昊天塔

昊天古塔多雄风①,一代枭雄葬三层②。
孟良赤诚盗忠骨,自刎塔下红土成。

来客登塔临峰顶,燕赵大地览美景。
良乡古镇换新貌,一条铁龙跃进京。

西山晴川太行风,一片绿海绕昊城。
卢沟晓月依然在,永定河水无涛声。

五道桥涵通铁东,昊天公园位居中。
千年古塔东倾斜,高楼林立大学城。

2007年5月5日写于北京三十一所二室

注:
① 5月4日,单人骑自行车到良乡昊天公园一游,并登塔临峰顶览胜,有感,吟诗记之。
② 相传,宋代名将杨业曾葬于塔中。孟良盗骨,自刎塔下,血染红土。

39. 北京植物园游记

植物园里春光美，柳绿桃红人心醉。
退休职工成远客①，颐享天年岁增辉。

雪芹故居黄叶村，树掩农舍忆旧人。
五元门票迎游客，一声叹息少人进。

樱桃沟兮水源头，一块巨石挡去路。
相传雪芹步到止，宝玉灵感涌心头。

郁金香兮花满园，亭亭玉立巧打扮。
红橙黄绿青紫蓝，朵朵娇艳逊牡丹。

2007 年 4 月 24 日写于北京三十一所二室

注：
① 4 月 23 日，三十一所退休站组织退休职工到北京植物园春游。有感，吟诗记之。

40. 喜闻火炬珠峰测试成功

火炬工程三件宝[①],
灯引火炬光彩照,
航天战士齐攻关,
珠峰之巅呈英豪[②]。

2007年5月9日写于北京三十一所二室

注:

①系指祥云珠峰火炬、珠峰火种灯和引火器。

②今天收到邵文清短信,2007年5月9日8时15分中国登山队员成功登顶,6支珠峰火炬(固体和固液各3支)和珠峰火种灯、引火器测试成功。

41. 对珠峰火种灯的赞美词

　　附记：珠峰火种灯是我心中之爱。我对它倾注了大量心血。珠峰火种灯的风格是什么，这是我长期思考的问题之一。我的感觉是爱低调，不张扬；爱朴实，不奢华；爱谦让，不停歇；爱奉献，不争荣；爱追求，不争名。珠峰火种灯的这种风格，或许也是我返聘这十多年来的品格写照吧。吟诗记之。

　　　　　　珠峰火种灯啊，
　　　　　　你无光暗火兮，
　　　　　　　燃烧自我。
　　　　　　你沉默无闻兮，
　　　　　　　不露声色。
　　　　　　你昼夜不熄灭，
　　　　　　　不温不火。
　　　　　　你珠峰引燃兮，
　　　　　　　朴实无华。

2007 年 5 月 17 日写于北京三十一所二室

42. 对登山队员的勉励词

航天战士多精英，
嫦娥一号遨太空。
登山队员多奇志，
奥运火炬燃珠峰①。

2007年11月2日写于北京怀柔登山训练基地

注：

① 为确保奥运祥云珠峰火炬在珠穆朗玛峰顶的传递成功。邵文清、牛余涛、戚磊、覃正和本人多次到怀柔登山训练基地，对登山队员进行理论和实操培训，并采用抽题开卷口头考试。上述勉励词是我对登山队员的赠言。

43. 祥云珠峰火炬之歌

第一章 缘起

七月红场钟声响,奥委会上发言忙。
大使杨澜秀创意①,丝绸之路创遐想。

奥林匹亚取圣火,途经文明九古乡。
穿越喜玛拉雅山,珠峰之巅圣火亮。

一石激起千层浪,中国创意振心房。
北京拿下举办权,百年奥运百年想。

共享奥运新高度,共享和平新希望。
中国承诺新智慧,奥运史上新辉煌。

第二章 受命

火炬传递上珠峰,全国人民齐欢腾。
北京奥组委研会,有识之士勇报名。

有的想搭奥运车,提高企业度知名。

有的想到投资多，振兴企业力竞争。

珠峰环境难度明，低温低压挟大风。
正常燃烧实不易，保存火种无途径。

火炬难关前未有，实在好处全落空。
搭车热情渐消去，纷纷退出不竞争。

航天科工志坚定，义不容辞方向明。
"国家有大事不缺席，国家有需要不退兵。"

北京奥组委下函②，航天科工承重担。
薛利副总亲指挥，兴洲院士上火线。

第三章　攻坚

航天科工出奇兵，研制团队老中青。
飒爽英姿主力军，老骥伏枥保成功③。

万事起步路不平，创新设计下苦功。
首攻珠峰火炬关，奥运圣火耀珠峰。

历经液体固液路，固体火炬露芳容。
百余配方精筛选，火焰饱满色彩红。

漠河速燃不气馁，优中选优方案定。
严把装药质量关，一棒燃烧八分钟。

登上珠峰要数天，携带火种难上难。

扶摇直上八千八,灯内火种须安然。

燃烧室温超八百,外壁温度手感暖。
燃气洁净无污染,人灯共宿要安全。

煎饼摊旁创灵感,炷香直立端头燃。
巧妙构思出奇招,燃料倒置暗火燃。

隔热材料选尖端,灯壁内外两重天。
银灰炭柱秘配方,美标测评绿家园。

一灯续燃二十时,突击登顶可去还。
发明专利创两项[4],火种平安抵天端。

第四章　测试

航天科工布重兵,科学实验有硬功。
二度进藏去实践,又去漠河战严冬。

营夜突然大雪降,雪埋珠峰火种灯。
扒开厚雪观火种,圣火火种亮莹莹。

珠峰搬进实验室,条件苛刻超珠峰。
珠峰再升几百米,万无一失保成功。

〇七测试登峰巅[5],灯引火炬真状态。
三项测试奏凯歌,珠峰火炬破难关。

第五章　登顶

五月八日登珠峰⑥，地球之巅六英雄。
罗布占堆取火种，吉吉一棒燃珠峰。

勇峰二棒上冰层，尼玛三棒秀口英⑦，
春贵四棒健步走，次仁五棒笑巅峰。

珠峰火炬传峰巅，五星红旗飘蓝天，
五环中国印旗展，祖国万岁震宇寰。

地球之巅发邀请，五洲宾朋北京迎，
祥云托起金凤凰，一缕彩虹横长空⑧。

中国勇士抵天端，和平友谊撒人间，
庄严承诺今实现，奥运史上谱新篇⑨。

2008年6月5日写于北京三十一所二室

注：

① 2001年7月13日，在莫斯科申办2008年第29届奥运会的国际奥委会112次全会上，中国申奥大使杨澜代表中国向全世界陈述，基于丝绸之路带来的灵感，我们的火炬接力将开创新局面。从奥林匹亚山，途经人类古老的文明发源地希腊、罗马、埃及、拜占庭、美索不达尼亚、波斯、阿拉伯、印度和中国。以"共享和平，共享奥运"为主题，奥运永恒不息的火焰将穿越喜马拉雅山脉，到达世界最高峰珠穆朗玛峰，从而达到一个新的高度。

②2006年1月17日，北京奥组委正式下函，委托航天科工集团公司承担北京2008年奥运会珠峰传递火炬的燃烧技术攻关任务。

③薛利副总经理任总指挥，刘兴洲院士任总设计师。研制团队主要技术成员邵文清、叶中元、任国周、朱家元、柳发成、牛余涛、戚磊、覃正、徐世泊、郭建宇、李睿、邰红勤、艾莉、李琪娜、张海洲、罗小平等。

④珠峰火种灯及其复合固体燃料，分别荣获两项国家发明专利权。

⑤2007年5月9日，珠峰实地测试火炬、引火器和珠峰火种灯成功。

⑥2008年5月8日9时17分，祥云珠峰火炬点亮珠峰。

⑦三棒火炬手尼玛次仁，用英语高呼"one world, one dream。"五位火炬手的全名是：吉吉、王勇峰、尼玛次仁、黄春贵、次仁旺姆。

⑧在珠峰火炬传递成功之后，在珠穆朗玛峰上方飘然出现一道彩虹。

⑨2008年7月，本人荣立个人一等功。

附录1 记二室三位返聘教授与"感动同行"系列报道

和蔼可亲，周到细心的任国周老师

新闻出处：二室　作者：吴晓玲

任老师今年69岁，是一位老清华，他常常戴着一副大眼镜，给人的印象特别和蔼可亲。生活上，他就像是我们的长辈，鼓励我们，教给我们一些做事的道理。记得刚参加工作的时候，他就亲切地对我说："你们这些年轻人，要好好干啊，现在正是好时候！"

工作上，任老师设计经验丰富，考虑事情周到全面，是个有心的老航天。作为火炬队伍的一员，他因为燃料的问题，经常外出调研，时刻想着火炬处于无米之炊的境地。在广东悉心学习借鉴别人的成熟做法，解决了火炬燃料罐的灌装丙烷的困难，有力地推动了火炬的研制工作。

春节长假刚刚结束，任老师连单位都没有回，就直接带着年轻的同志去杭州出差了，这就是老一辈的航天人，心里时刻惦记的都是航天事业！

6月7日是我们可爱的任老师的69岁生日，在此代表二室全体职工送一声迟到的生日祝福给您，祝您生日快乐，健康长寿！

附录2　三十一所所庆五十周年征文集"辉煌五十年"

与奥运火炬为伴的日子
——献给三十一所创建50周年

作者：二室副主任　邵文清

任国周研究员，火炬项目重要成员之一，珠峰火种灯主要设计成员，珠峰火炬项目重大贡献者。任老师工程经验丰富，工作积极认真，不辞劳苦，豁达开朗，乐于助人，对火炬研发团队的年轻同志起到了很好的传帮带作用。虽为临时聘用人员，工作上却能够积极主动地出谋划策，设计、跟产、试验，想到前头做到前头。在整个火炬项目攻关过程中给我的帮助最大，使我受益匪浅。在他的精心指导下，也使火炬团队其他未搞过型号工作的年轻同志得到了很好的锻炼，丰富了业务知识，积累了工程经验，对他们后面的工作起到了很好的引导作用。

附录 3 《中国航天报》2008 年 5 月 9 日 5 版专题报道

珠峰火种灯"烧饼摊儿"灵感攻克世界难题

本报记者 武铠　通讯员 刘铭

火炬项目副总设计师邵文清曾感慨地对记者说:"整个火炬系统,珠峰火种灯是研制历程最为坎坷的一项;整个队伍中,任老师是功劳最大的一位!"在他身旁,69 岁的老研究员任国周谦虚地向记者笑了笑。

当你看到这群攻克艰难险阻却依然朴实、谦虚的航天人,你会读懂什么叫作航天精神,会感受到航天人心中的那一团永不熄灭的炽热之火。

44. 七十大寿感悟

今日七十大寿,悄悄然度之。
　　古人云:
　　　　人活七十古来稀。
　　有感悟曰:
　　　　黄金非宝书为宝,
　　　　万事皆空德不空。

2008 年 6 月 7 日写于北京三十一所二室

45. 登妙高台

奉化溪口雪窦山，
上有一座妙高台①。
山势平坦林环抱，
人去楼空不复还。

妙高台岌最堪观，
四面林峰拥翠峦。
万壑松声心地响，
东临绝壁千丈岩②。

2008年6月15日写于宁波星箭航天机械厂

注：
①妙高台是溪口的著名景点之一。
②千丈岩是宋代王安石在绝壁上的手书，也是溪口的著名景点之一。

46. 重游普陀山

缥缈云飞海上山，
大榭普陀一日还。
三圣堂上又荣遇①，
何幸凡身到此间。

涧草岩花松满山，
石龟林府隔尘寰。
普济禅寺齐千佛，
观音菩萨恩百川②。

2009 年 1 月 19 日写于宁波中信大酒店

注：
① 1987 年 11 月游普陀山，住三圣堂宾馆。今日重游普陀山，又在三圣堂宾馆就餐。
② 普陀山乃大慈大悲救苦救难观世音菩萨之圣地也。

47. 望千丈岩瀑布

千丈岩上闻涛声[①],
一缕瀑布挂空中。
谷底卷起千堆雪,
半空飘起一长虹。

王安石像立岩顶,
一朝变法留英名。
双涧水声流不辍,
顿觉胸襟万虑空。

2009年1月18日写于宁波中信大酒店

注:
①从妙高台下山不远处,即闻千丈岩瀑布之涛声。

48. 望四明山弥勒大佛

日照四明金光闪，
布袋和尚坐山前①。
盘坐莲花开怀笑，
一座金山落人间。

金陵秦淮白鹭苑②，
祥云火炬开新篇。
弥勒大佛晨光造，
一段佳话永留传③。

2009年1月18日写于宁波中信大酒店

注：
①弥勒露天大佛位于四明山弥勒道场之侧。2008年12月开光。
②2008年5月13日，我和谢海波到南京，住秦淮河畔的白鹭宾馆。与航天晨光老总胡宁生共同策划小批量生产奥运祥云火炬典藏纪念品。
③席间，胡总言道：四明山大佛的建成，全靠时任浙江省委领导同志运筹帷幄，力挽狂澜，终于立项成功。

49. 潮流火炬颂

为北京科技大学洪华教授竞标广州的第十一届亚运会火炬外形设计《潮流》而作。诗云之。

近代革命潮流兮，席卷中华南疆①。
改革开放潮流兮，先行先试五羊②。
思想解放潮流兮，南粤一片汪洋③。
珠江圣火潮流兮，传承亚洲辉煌。

2009年8月10日写于广州国门大酒店

注：
①系辛亥革命。
②系改革开放。
③系时任省委书记汪洋。

附录：

1.8月10日，北京科技大学洪华教授与我、李超到广州第十一届亚组委火炬处，送交潮流火炬设计外形及其配套燃烧系统的样品。

2.9月14日，北京科技大学洪华教授、郑教授与我、李超做客网易官方网站的亚运会客厅。由主持人晓艾小姐主持我们设计的"潮流"火炬与清华大学设计团队的"进取"火炬在网上角逐,争取网民投票支持。

3.10月10日,网上投票截止。"潮流"火炬得票90089张(占70%),"进取"火炬得票36864张(占30%)。

4.10月15日,广州第十一届亚组委火炬处公示网上投票结果,"潮流"火炬及其设计团队胜出。

珠峰火炬颂

——赠任国周同志

普罗火种献人间,奥运圣火代代传。
今朝圣女捧圣火,远渡重洋神州燃。
圣火欲谒藏女神,珠穆姊妹喜开怀。
但虑顶峰气压低,又忧寒风扫雪山。
何以圣火保平安,何以圣火顶峰燃。

航天科工出奇兵,为国争光冲在前。
首攻珠峰火炬关,又克火种保存难。
开赴藏营去实践,又临漠河战严寒。
珠峰请进实验室,优中选优定方案。
航天心献奥运火,国际承诺挑在肩。

珠峰火炬疑难多,低压缓燃是关键。
百余配方精筛选,严格把住质量关。

火焰饱满色彩艳，二秒燃速毫米间。
任凭低压寒风烈，火凤飘逸迎风展。
高举火炬映全球，圣火一览众山小。

壮士登峰需数天，携带火种是难关。
巧妙构思出奇招，火种灯里暗火燃。
保温隔热保安全，五分燃速毫米间。
圣火乔迁火种灯，千山万壑只等闲。
扶摇直上八千八，圣火平安抵天端。

壮士攀登不畏难，圣火火炬上峰巅。
祥云托起火凤凰，五星五环飘青天。
火凤飞舞照万山，屋脊今日变新颜。
珠峰古今出奇观，和平友谊撒宇寰。
庄严许诺今实现，奥运史上写新篇。

刘兴洲 2009 年 5 月 8 日

刘兴洲 中国工程院院士。我国著名冲压发动机技术专家，飞航导弹发动机研制的重要领导者，北京奥运会火炬燃烧系统总设计师。曾任中国航天科工集团科技委顾问，航天三院科技委顾问。曾被中国航天科工集团授予中国航天事业 50 周年杰出贡献奖，荣立中国航天科工集团奥运会火炬研发及技术保障个人一等功，在航天领域多次被国防科工委授予国防科学技术奖。

珠峰火炬颂

传燃怀山巅
代州开雪峰
代神喜招顶
奥运圣火
远渡重洋
珠穆娜妹
又抗寒风
何以圣火

普罗火种铸人间
今朝圣女捧圣火
圣火欲请藏女神
但愿顶峰无尽风
何以圣火保平安

前难突袭
任何严寒
冲锋战
战定方案
为国争光
又竞火种
又临漠河
优中选优
国际承诺挑任肩

航天科工出奇兵
有攻珠峰火炬关
开赴藏营去实战
珠峰请进试验室
航天心铸奥运火

低压缩水是关键
严格把住质量关
火种燃速毫米间
火风飘速连风暖
圣火一览众山小

珠峰火炬疑难多
百余配方精筛选
火焰绽放色鲜艳
任凭低压寒风烈
高峰火炬映全球

六十年时间空间，六十年初心不变
六十年思想记录，六十年永恒情感

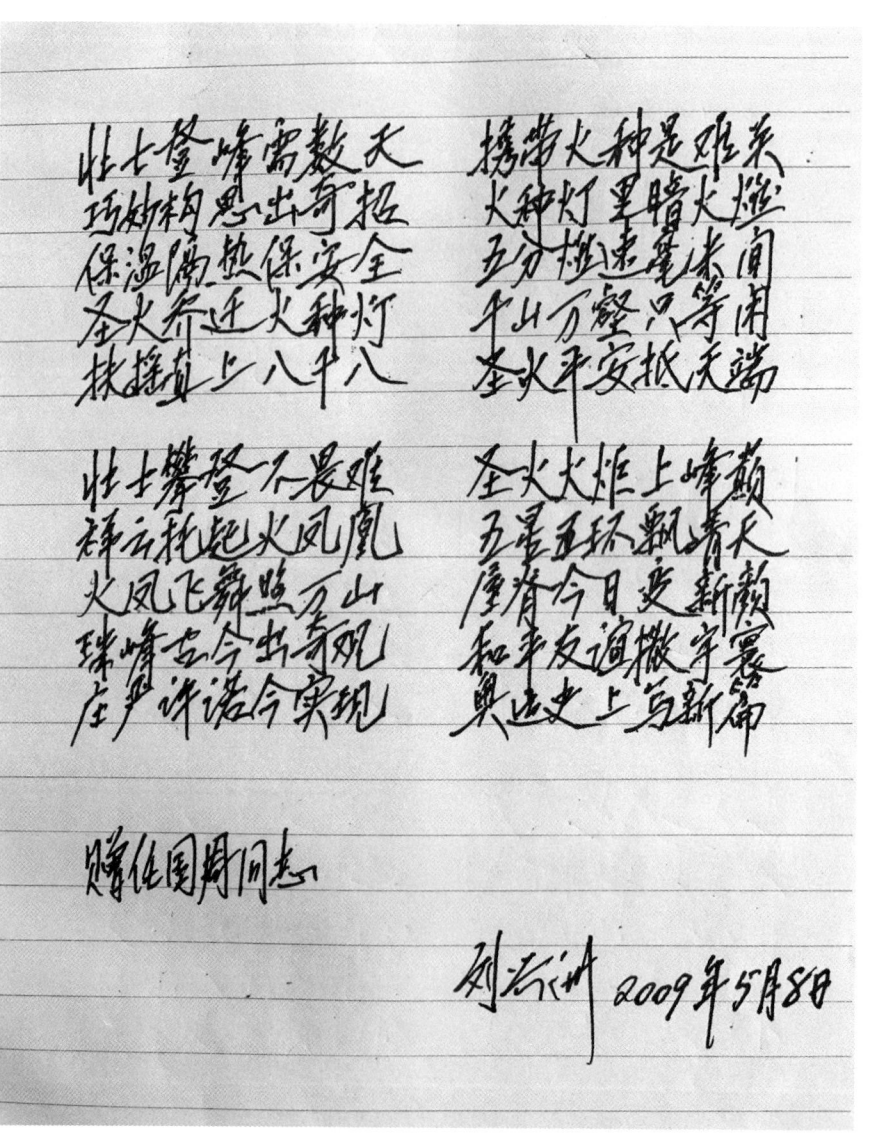

壮士登峰需数天　　携带火种是难关
巧妙构思出奇招　　火种灯里暗火燃
保温隔热保安全　　五分钟速亮一闪用
圣火奇迁火种灯　　千山万壑只等闲
扶摇直上八千八　　圣火平安抵天端

壮士攀登不畏难　　圣火火炬上峰巅
祥云托起火凤凰　　五星五环飘青天
火凤飞舞照万山　　陆脊今日变新颜
珠峰古今出奇观　　和平友谊撒宇寰
庄严许诺今实现　　奥运史上写新篇

赠任国周同志

刘兴洲　2009年5月8日

注：上文为刘兴洲院士赠任国周同志长诗《珠峰火炬颂》之原文手迹。

刘兴洲院士与任国周研究员深厚友情的五个故事

一

很多人并不知道,刘兴洲起初是被动地接受这一任务的。他曾对好友任国周说:"奥运火炬这个事情,我毫无思想准备。我感觉它主要是上级为了展示航天实力争取而来的项目。但是,国家把任务交给了动力技术研究所,就意味着我们一定要完成好这项政治工程。火炬比军品还要军品!只许成功,而且必须成功!我们不能在世人面前给祖国丢脸。"

摘自《刘兴洲院士传记》第 156-157 页,索阿娣著
中国宇航出版社出版 2016 年 9 月

二

政治压力和经济压力,让刘兴洲心存顾虑。尽管如此,他没有一点埋怨情绪,而是积极想办法。作为总设计师、学科带头人,他深知自己责无旁贷,到了这个时候更不能三心二意,不能退缩,否则这一重担让谁承担呢?

他主动找到动力技术研究所返聘专家任国周研究员，语重心长地说："火炬产品不同于理论研究，最终要向全世界展示，这个工作难度较大。你有工程上的丰富经验，希望可以多贡献智慧。人们常说，科研后墙不倒，但实际上有时候可以商量。可是，奥运会的后墙不倒是真的，这个压力非常艰巨。成功靠什么？靠咱们齐心合力。"

摘自《刘兴洲院士传记》第157页，索阿娣著

中国宇航出版社出版 2016年9月

三

让人意想不到的是，2007年1月15日，国际奥组委官员验收时，燃烧的液体火炬却被一位官员用嘴吹灭了！时值春节前夕，液体火炬暴露出了出人意料的缺陷。研制人员在大风大雪等恶劣条件下对火炬进行了充分的考核，却万万没想到能抵挡十级大风的火炬被嘴吹灭了！

为了保护团队的工作积极性，刘兴洲对这个事件的"定性"还动了一番脑筋。他和任国周琢磨了半天，决定用"熄"字而不是"灭"字。因为他们坚信，这只是暂时的困难，最终的结果一定会成功。

2007年2月20日，大年初三，刘兴洲就同研制人员一起到火炬实验室加班寻找火炬熄灭的原因。他们连续工作20天，仔细分析研究双火焰双燃烧室结构特点，提出设计改进方案。

摘自《刘兴洲院士传记》第168-169页，索阿娣著

中国宇航出版社出版 2016年9月

四

在珠峰火种灯攻关的日子里，曾有这样一段小插曲。某天，浙江某

民营公司老板突然告知研制人员说，给航天人干活难度大、数量少、风险高、效益低，不想合作了。

面对如此严峻的形势，刘兴洲淡定地对派去出差的研制人员（任国周、徐世泊）说："我们航天人没有歪门邪道，我们只有为祖国无私奉献的航天精神。你要强调这是科技奥运工程的重要项目，希望他们以国为重，为北京奥运会贡献出一分力量。"

几天后，感人的一幕出现了。听了出差人员的转述，那个老板说了这么一句话："你们这些人真的是为了国家不顾一切，无私奉献。为了奥运会，我把燃料配方无偿拿给你们做研究，祝你们成功！"

摘自《刘兴洲院士传记》第 183 页，索阿娣著
中国宇航出版社出版 2016 年 9 月

五

2009 年 5 月 8 日，圣火火炬照耀珠峰一周年纪念日。刘兴洲将好友任国周叫到了办公室，赠给他一首《珠峰火炬颂》长诗。他们谈天说地，共同回忆团结合作、奋战珠峰火炬的日日夜夜。

刘兴洲说："在火炬设计团队中，如果没有你的参加，也许会走弯路，是否能够按时完成任务，当时我心有疑虑。好在我们团结奋斗，克服了各种困难，按时圆满地完成了任务，中国航天科工集团公司的领导和北京奥组委的领导都非常满意。这一首长诗就当作我们团结战斗的纪念吧。"

朴实的话语，没有过多的渲染，却让任国周眼眶湿润了，不知道该说什么好。后来，任国周在文章中写道——"他（刘兴洲）的心胸是那么宽广，意志是那么坚强，人是那么睿智和慈祥，那么注重友情。"

摘自《刘兴洲院士传记》第 187-188 页，索阿娣著
中国宇航出版社出版 2016 年 9 月

第六篇

清华大学、老同学、老同事、老朋友、老校友、老领导、老乡亲对《为祖国健康工作五十二年诗词选集》之感言录

1. 清华大学收藏证书

尊敬的 任国周先生：
您馈赠的
《为祖国健康工作五十二年诗词选集》

现已收藏于清华大学文库。您的著作进一步丰富了清华文库，为母校增辉，为师生提供学习参考，在此谨致谢意。清华文库正虚席以待您更多的著作。

水木清华
教我育我

清华大学图书馆
2011年12月13日

六十年时间空间，六十年初心不变
六十年思想记录，六十年永恒情感

2. 读国周兄"诗词选集"有感

段清廉

之一

初读国周兄"诗词选集"有感:

> 自幼聪慧品学优,选送清华深研修。
> 为壮国威齐努力,三箭定型写春秋。

段清廉读"诗词选集"后诗一首赠国周兄指正
2011年4月20日于云岗

之二

重读任兄《诗词选集》有感:

> 五十二年的回忆,五十二年的记录。
> 真实的书写历史,真实的一字一句。
>
> 显现岁月的痕迹,印证曾经的过去。

记录曾有的情感，再现不在的景致。

2011年岁末于云岗

之三

为国周友《诗词选集》一书赠联：

一本详细叙述个人经历的自传，
一册真实反映时代事件的记录。

2012年元旦

之四

苏东坡：生前富贵，死后文章。

腹有诗书气自华。

学诗、写诗、品诗是人生的品格培养气质塑造，是一种生活乐趣，不含有功利主义。

以诗文修身，以诗明理。

写传世之作，

发警世之言。

诗者，志之所云也。

在心为志，

发言为诗。

几十年过去了，这些诗打印下了那个时代的印记，是那个时代——后人不曾经历过的岁月的记录。

诗句犹如美酒，时间越久就越甘醇。

晚辈应常记起父母的某一首诗，某一句话或某几个字。因为作为肉身的父母能够留给子女的也就是肉身；比肉身多的，是丰富肉身必须依靠的各种精神力量，那是整体文化，是一个源远流长的而又永世不绝的文化准备。

2012年1月于云岗

附注：段清廉，航天三院三十一所之老同事、老朋友，原研究室主任，研究员。

3. 拜读任兄诗集有感

李仁海

任兄求学不简单，曾在私塾把书念，
中学六年在武汉，保送大学清华园。
人生经历有直弯，少年加入儿童团，
学生时期就入党，下连当兵奔福建。
曾到前线望台湾，三线工作近十年，
清华学子老党员，仕途路上空清淡。
多年居住北京市，没有户口吃住难，
八十年代进三院，聪明才智放光彩。
航天型号多立功，奥运火炬创辉煌，
夫妻恩爱儿女强，父慈子孝美名传。

2011 年 4 月 24 日

附注：李仁海，航天三院三十一所之老同事、老朋友，原研究室主任，高级工程师。

4. 崔子江短信

今日收到"诗词选集",谢谢。用诗词记录人生中有意义的事,是难忘的。祝您健康快乐。

2011 年 5 月 1 日

附注:崔子江,清华大学同班同学,力 404 班班长,航空 606 所原总师,研究员。

5. 金永昌短信

谢谢,国周。这是历史,这是人生,祝贺您!

大金

2011 年 5 月 25 日

附注:金永昌,沈阳总字 140 部队,天水五机部六所,航天二院 210 所之老同事、老朋友,1973 年调入北京中国人民解放军总参二部,原大校,研究员。

6. 崔国有短信

国周,您写得太棒了,太好了!太感人了,太有意义了!也太真实了!您的功劳在咱们淇县可能数第一!

2011年6月1日

附注:崔国有,大姐夫崔国庆之四弟,1952年至1955年在汉口铁中读初中,我同时在武汉二中读初中。同住在崔国庆家里,并同睡一张床,达三年。我们是同乡,更是乡亲。他初中毕业被保送到南昌第一航空工业学校。工作于航空部陕西兴平秦岭公司,教育处原处长,高级工程师。

7. 贾怀斌短信

诗集具有真实的历史性,深刻的思想性,高度的艺术性。

2011年6月1日

附注:贾怀斌,沈阳总字140部队,天水五机部六所,西安航天二院210所之老同事、老朋友。210所原所办主任,高级工程师。

8. 黄忠强短信

　　这本书说明你是战斗的一生，热情澎湃的一生，努力上进的一生，永不停歇的一生，永争辉煌的一生。

2011 年 6 月 2 日

　　附注：黄忠强，武汉二中高三（五）同班同学，武汉二中少先队大队长，公安部第一研究所原总师，研究员。

9. 黄萍短信

　　这本书太好了，晓蕾和晓楠特别爱看，特别对书中的"青春之歌"更是爱不释手，催人奋进。

2011 年 6 月 1 日

　　附注：黄萍，女，夫人赵瑞湘之堂表妹。北京市属工厂工人。其父乔珊，空军原大尉，抗日离休正处级干部。文中晓蕾是其女儿，北京大学硕士研究生，晓楠是其弟之女儿，北京中医药大学本科生。

10. 卓彬来信

你的一生是成功的，有意义的，你做到了人生三立：立功、立德、立言。按传统道德观你全做到了。

2011 年 6 月 23 日

附注：卓彬，瑞湘夫人之表舅，离休干部。北京市某中学原校长，高级语文教师，著有《夕阳余晖·抗美援朝追忆》一书，是我十分敬重的长辈。

11. 张友先来信

你的诗集是一部杰作，实在难得，十分感人，甚至催人泪下。

2011 年 7 月 21 日

附注：张友先，沈阳总字 140 部队，天水五机部六所，西安航天二院 210 所之老同事、老朋友，210 所原处长，高级工程师。

12. 孟昭让来信

　　我在病床上，将你的诗集读了好几遍，实在太感人了，它使我回到了过去的战斗岁月，回到了我们青春同在的日日夜夜，回到了我们朝夕相处的青春岁月。这本书给我极大欢乐，一时让我忘记了身患癌症病痛，扬起了对美好生活的风帆。这本诗集展现了你的青春年华，热情、浪漫的生活情趣，你是我们年青一代中的佼佼者，你有雄才大略，你过去是，现在也是我们学习的榜样。热烈欢迎你来西安做客。

2011 年 7 月 29 日

　　附注：孟昭让，天水五机部六所和西安航天二院 210 所之老同事、老朋友。曾在同一个研究室工作达七年，高级工程师。

13. 张海门来信

　　你的诗集，我读了好几遍，深深打动了我这个清华学子。你作为清华学子没有辜负清华的培养，你为清华赢得了荣誉和骄傲，我为你这位学子和武汉二中的老同学感到光荣。你是一位有心人，五十二年的点点滴滴都记录下来了,保存下来了,并且汇集成册,留给子女,留给下一代年轻人,实在难能可贵。全书真实、感人、催人奋进,具有高度的思想性和艺术性,是一部难得的佳作。你这位清华学子的一生实在不容易,先到大西北九年,又有十年没有北京户口,工作单位几经变动,影响了你的工作业绩的积累,但凭你的坚强意志和对清华校训"自强不息,厚德载物"的执着追求,你终于迎来了最后26年的工作辉煌,为国立下了一等功、二等功、三等功,为祖国的国防科研事业做出了巨大的贡献,实在可敬可贺。你的一生工作业绩是光辉灿烂的。

2011年8月16日

附注:张海门,武汉二中高中部校友,高三(一)班班长,清华大学校友,自动控制系自401班班长。长达九年之老校友和武汉老同乡,国家电子工业部科技司原副司长,高级工程师。

14. 侯本学来信

之一

你的诗集,我已读了一遍,十分好,十分感人,十分珍贵,十分难得。我建议你把它发到网上让更多人看看。书中的××是必要的,但不用××,是否可用谐音代替。有的诗写得可更浪漫些。充分发挥你的工作激情。我还建议书名改为《任国周同志诗词选集》。

2011年8月28日

之二

你的诗词选集我已通读了多遍,实在好,实在感人。你的诗集写了半个世纪,包含了五十年的时间空间。你是毛泽东思想武装起来的青年一代,处处为国家着想,处处为人民着想,处处为党着想,不计个人报酬,不计个人安危,不计个人回报,不计个人名利,你们这一代是国家强盛的支柱。你的诗集写了人生半个世纪的喜怒哀乐,半个世纪的酸甜苦辣,半个世纪的奋斗历程,半个世纪的丰硕成果。你的诗集能被清华大学收藏是十分珍贵的,也是十分自然的事。清华再过百年,再有清华学子读你的诗集,那更有别的一番情趣。他们将会看到百年前的清华学生的音容相貌和为祖国强盛做出的贡献,所以说,你已流芳百年了!

2012 年 1 月 28 日

附注:侯本学,海军派驻三十一所军事代表室之原军代表,长达二十年之老同事、老朋友,海军上校,高级工程师。

15. 孙恢礼来信

你的诗集我已看了一遍。我对你十分佩服,十分高兴。你是一位清华才子,一位伟大的清华才子。清华学子思路开阔,见多识广,多才多艺。你是航天专家,也是诗人。你的诗集具有高度的真实性、历史性、思想性和艺术性。十分引人入胜,爱读爱看。你的诗集具有高度的正面性、鼓舞人的斗志和奋进。我的小外甥,他说他长大了也要看,也要写,向清华大学的爷爷学习。

2011 年 9 月 5 日

附注：孙恢礼，航天三院三部原主任设计师，研究员。1996 年伊朗培训团之老同事、老朋友。同吃同住同培训五十多天。

16. 任宝珊来信

你的诗集写得真好，真感动人。你太有才了。你的诗集我都看了，实在了不起。

2011 年 10 月 15 日

附注：任宝珊，航天三院三十一所五室原主任，型号主任设计师，研究员，长达十六年之好同事、好朋友、老领导。

17. 靳为龙来信

我为有你这样才华横溢的河南老乡而骄傲。我能为亲眼看到我身边的诗人老乡取得的巨大成绩而荣耀。

2011 年 10 月 21 日

六十年时间空间，六十年初心不变
六十年思想记录，六十年永恒情感

附注：靳为龙，江西航天 620 单位原主任，教授级高级工程师，河南老乡。YJ-83 导弹装药厂之上级主管领导，长达十二年之老同事、老朋友。

18. 过增元来信

你太有才华了，你的诗写得真实、生动、感人、有意义，你真了不起。清华会为你取得的成绩而骄傲。

2011 年 11 月 23 日

附注：过增元，清华大学专业课老师，专业教研室原主任，清华大学教授，中国科学院院士。

19. 朱德忠来信

你的诗集我看了，我很高兴。你的诗集引起了我对你们在清华学生时代生活的美好回忆，火热的年代，火热的校园生活，使我在癌症的病痛中感到了快乐，甚至忘记了疼痛。我感谢你对我的关心和你对我们老师的感恩心情，谢谢你了。我实际上才比你大两岁。你取得的巨大成绩，我十分高兴，也为有你这样的学生而骄傲。

2011 年 11 月 25 日

附注：朱德忠，清华大学专业课老师，教我们试验课，专业试验室原主任，清华大学教授。

20. 陈兆玲来信

寄来的诗集收到了，我感到十分高兴。我看了照片对你有一定印象，你好像是班干部之一。我的眼底有出血，还未来得及全看，但前言看过了。你是清华的骄傲。我今天介绍你到清华图书馆、清华大学文库，找钱锡康老师，他会帮助你完成你的书收藏到清华图书馆的具体工作。

2011 年 12 月 5 日

附注：陈兆玲，女，清华大学专业课老师，专业教研室党支部原领导。清华大学档案馆原馆长，清华大学教授。

21. 王祖康、陈履凤来信

你和小赵在四十五室都是能干之人，特别是小赵在同事中间口碑好，威信高，真没想到她走得这么早，太可惜了。你和小赵到了三十一所都是技术骨干，为国家做出了巨大贡献，立了功，受了奖，我们都十分赞叹。特别是小赵的俄语讲得那么好，九次去俄国，引进了高技术，更是做出了巨大贡献。

你的诗集更是惊人之作，我们要好好拜读，共享你的人生，也同享你的喜怒哀乐。你的诗集收藏在清华图书馆，实际上就是进了全国最高学府的文化殿堂，流芳百年。

2012 年 1 月 27 日

附注：王祖康航天四院四十五室之老同事、老朋友，和我同一个工程组；陈履凤，女，航天四院四十五室同事，和赵瑞湘同一个组。我们同在一个研究室长达十一年。他们后来在三院310所工作，均为高级工程师。

22. 包文径来信

四十五室解散之后，你和小赵到了三十一所。真没有想到你和小赵为国家为三院为三十一所做出了这么大的贡献。特别是任兄，清华高才生，在四十五室耽误的时间太长了。解散四十五室实际上解放了大批优秀人才。我在三部早就知道，你是咱四十五室中取得成绩最大，为国家做出最大实际成绩的人。

你的诗集一定好好拜读，感谢任老朋友。你的诗集能被清华大学图书馆收藏，实在是了不起，证明清华承认了你的诗人地位。

2012 年 1 月 27 日

附注：包文径，在航天四院四十五室同一个工程组长达十一年之老同事、老朋友，后在航天三院三部工作，原处长，高级工程师。

23. 徐海江来信

你的诗集我十分高兴地收下，并要仔细拜读。在四十五室五组中，你和何益洲、杨培青、徐祥春都是十分能干的人，但徐在三部被排斥，没有评上研究员。你们三个人在三十一所都评上了。你们在四十五室都是好样的，到三十一所仍是好样的。我在三部搞情报资料工作，立了两次二等功、一次三等功，在三部的四十五室人员中，只有我一个人评上了研究员，几经周折，还是院领导黄瑞松等多次出面才评上的。

2012 年 1 月 30 日

附注：徐海江，在航天四院四十五室同一个工程组之老同事长达十一年，时任工程组长，后四十五室体制调整时分在三院三部工作，研究员。

24. 王永安来信

你的诗集我看了多遍。在高中班级里，那时你就是一个有才艺的人，在过去的五十多年里，你的才艺不断展示，坚忍不拔地展示，实在难能可贵。在高中年级的班上，我也有点小才艺，但后来没有坚持，所以一事无成，这真得向老同学学习。

2012 年 1 月 31 日

附注：王永安，武汉二中高三（五）班同班同学，航天一院十一所，研究员。

25. 孙朝悌来信

你是一位有才华的老同学，一位为国立功、为国增辉的老同学，一位事业有成的老同学，一位具有诗人情怀的老同学。

2012年1月31日

附注：孙朝悌，武汉二中高三（五）班同班同学，先在核工业部二院工作，后在中国林业科学院工作，原处长，高级工程师。

26. 张连馥来信

你的诗集我读了好几遍，十分感人，深深打动了我的心。你的一生都是那么的热情奔放，一生都是那么的积极向上，一生都是那么的不屈不挠，一生都是那么的再创辉煌。小赵走了，她没有看到你的诗集，没有分享到应有的荣光。你们的相亲相爱的感情记录的浪漫诗篇将流芳百世，感人心怀。

2012年2月1日

附注：张连馥，女，天水五机部六所和西安航天二院210所之老同事、老朋友，在同一个研究室工作达七年。她原在天水市二中当老师，和赵瑞湘是同事，是我和赵瑞湘相识之牵线人。后调到航天五院504所工作，高级工程师。

27. 骆全禄来信

你的诗集我全看了，老伴也全看了。我认为你的诗集是独一无二的。具有社会的真实，历史的真实，思想的真实和感情的真实。诗集是历史的记录，不是历史的回忆，这是最珍贵的，也是最难得的。从这些意义上讲，这本诗集具有独一无二的性质，是一本难得的佳作。恭喜老朋友，学习老朋友。

2012年2月1日

附注：骆全禄，航天三院三十一所之老同事、老朋友，部派代表室之原副总代表，高级工程师。

28. 胡梅莉、顾炳荣（顾群）来信

你的诗集深深打动了我们，下连当兵的日子，天水山沟里的奋斗的日子，写得那么的真实，使我们仿佛又回到了那个火热的年代。你是文豪，在福建当兵时是文豪，在天水是文豪，没想到你的文豪一直当到现

在，实在难能可贵，没有半途而废。清华学生就是有文艺天才，所里的薛启寿也是清华的，在所里现在仍是文豪。清华的高才生相对较多。

2012年2月6日

附注：胡梅莉、顾炳荣（顾群），1964年大学毕业后同时在沈阳参军总字140部队，后到福建前线下连当兵又同时到三线天水五机部六所和西安航天二院210所之老同事、老朋友，夫妻两人均为高级工程师。

29. 周峰来信

首先对小赵的不幸去世表示深切的哀悼。小赵的热情活泼、落落大方，年轻漂亮，永远活在我们的心中。你的诗集在210所的天水老同志中引起了巨大的反响。首先是对你在科研上取得巨大成绩的钦佩和祝贺，没有想到你送三个型号上了天，没有想到你为国家立了一等功，没有想到你取得了六项科研成果，更没有想到你上了中央电视台作为嘉宾展现了艺术人生。实在值得庆贺，我们都为你感到光荣，都为你感到高兴，也都为你感到骄傲。老同志们都说你是走对了路，你清华高才生就是不一样，无论在哪里都能创造出优异的成绩。

你会写诗在天水本来就是出了名的，你在晚会上的诗词表演，我们至今都还记忆犹新。没想到你把爱好一直坚持到今天。你的诗的风格向来都是热情奔放，催人上进、奋发有为、艺术真实，有高度的艺术性和思想性。你坚持下来了，你的诗集你的精神将流芳千古。

2012年2月8日

附注：周峰，天水五机部六所和西安航天二院210所时之老同事、老朋友，曾同在一个研究室工作达七年。二院210所试验中心原主任，高级工程师。

30. 郑克隆来信

你的诗集我已读过两遍,感到很好,很难得,很珍贵。你在高中时当班长,常听到你不时地哼几句,没想到你一直坚持下来了,这一点就值得我学习。清华大学图书馆能收藏你的诗集,就证明了你的诗集历史价值、思想价值和艺术价值。

2012 年 2 月 21 日

附注:郑克隆,武汉二中高三(五)班同班同学,航天五院 501 所研究员。

31. 李玉山来信

国周老同学:

挂号信已收到数日,迟复为歉。见信甚喜。对您几十年奋斗所取得的辉煌成就和崇高荣誉,再次表示衷心祝贺。

您是全班同学的榜样。祝您及全家健康、幸福!

按照您的嘱托,将我喜读您的《诗集》感怀拙作——七律寄出,请不吝斧正。

此致

敬礼

李玉山
2012 年 3 月 8 日

七律·喜读国周《诗集》感怀

捧读《诗集》忆当年，

求学同窗清华园。

蹉跎岁月五十载，

激情满怀起波澜。

铭记"校训"齐奋斗，

国周业绩我汗颜。

如今已是耄耋躯，

祝君康泰合家欢。

附注：李玉山，清华大学力404班同班同学，调干生，学生党支部书记。齐齐哈尔市原纪委书记，高级工程师。

32. 张振家口述

这一本"诗词选集"是一份非常珍贵的礼品！小赵走得太早了，非常可惜！你是一个非常有才的人！我当所长时发现了你有才能，我给你创造了某些机会，你展示出来了。这本诗集可能是你一生才能的展示记录。

2012年6月30日

附注：张振家，航天三院三十一所原所长，老领导，YJ-83导弹副总设计师，研究员。

33. 纪东升来信

你好！我很高兴收阅到了您的《为祖国健康工作五十二年诗词选集》。易理解、易懂、易记，耐人品味，风趣非凡，文学艺术水平高，人道忠孝齐全。您在咱们同学中是出类拔萃的人尖，敬佩。

在您的启示下，我将我主持编辑的《淇园纪氏族谱》赠与清华大学图书馆，已收藏，并给较高的评价。

同学纪东升草
2012 年 5 月 10 日

附注：纪东升，老家河南淇县三完小同班同学，是真正的老乡。河南畜牧兽医学校毕业，淇县畜牧局兽医师。主编有《淇园纪氏族谱》。

34. 庞重义来信

你的诗集拜读了。这是半个世纪的人生记录，你的一生很精彩，也很阳光。诗写得真实感人。我读了有关八三打靶的诗，引起了我当时的很多真实的记忆，趣味无穷，感人肺腑，意义深远。你的工作历程比较坎坷，换了三个大院，对你的提升必有影响，但你能正确面对，不屈不挠，奋勇向前，最终在三十一所取得了辉煌的业绩。这本诗集是一份非常珍贵的礼物，我感到格外珍重。你的阳光的性格，值得我学习。

2012 年 7 月 1 日

附注：庞重义，航天三院三十一所之老同事、老朋友，YJ-83 导弹原主任设计师，研究室主任，研究员。

35. 张家骅口述

我看了你"纪念刘兴洲院士逝世一周年"的专栏,我感觉你实在了不起,是一个了不起的人才。你写的纪念文章使我十分感动,你的书法写得那么好,你写的那一副长联"学识渊博怀若谷,德高望重人师表",更使我感到惊奇,你是一位诗人,有诗人的情怀。

2012 年 11 月 2 日

附注:张家骅,航天三院三十一所之老同事、老朋友,研究室原主任,研究员。

36. 于海波口述

你的书法写得真好,无论字的框架结构,或整体布局,浑然一体,很有气势。有的书法家平时只练几个字,书法展示也只写那几个字。你却不然,一亮相就是长篇,一整张纸,一写就是三四百字,全篇结构严谨,气势雄浑,实在了不起,佩服佩服!刘兴洲院士在天之灵,也会十分高兴,也会欣然笑纳的,文如其人,堂堂正正。

2013 年 2 月 8 日

附注:于海波,航天三院三十一所之老同事、老朋友,研究室原主任,研究员。

37. 屈红霞口述

我十分欣赏你写的珠峰火炬颂，那么多字，每个字都写得那么用心，这和你在科研上写报告一样，都是那么认真，那么用心。老哥你的字真是字如其人。你的诗也写得真好。

2013 年 1 月 13 日

附注：屈红霞，女，航天三院三十一所之老同事、老朋友，科技处 YJ-83 型号研制原调度员，YJ-83 导弹打靶试验领队，高级工程师。

38. 孙玉芝口述

你的诗写得真好。你和湘湘是幸福的夫妻，恩爱夫妻。你们的爱情是那么幸福和浪漫。不幸的是，小赵走得太早了！

2013 年 3 月 16 日

附注：孙玉芝，女，航天三院三十一所之老同事、老朋友，湘湘的好朋友，高级工程师。

第七篇

航天三院三十一所完全退休生活八年
(2010.4—2018.8)

1. 在清华百年校庆力404班同学聚会上的献词

2011年4月27日，清华百年校庆。在周信和陈文芳老同学的组织下，我们力404班有19位老同学返校。先在文芳家集合，后又漫步清华园。我向同学们赠送了我的诗词选集，并准备了这首长诗献给老同学。在新林院餐厅聚餐会上，我朗读了这首长诗。

亲爱的老同学啊，
在五十三年前的1958年，
在那丹桂飘香的季节，我们共同迈进清华园！
那时我们都是英俊青年，风华正茂，意气风发，斗志昂扬！
共同的革命理想，
使我们欢聚一堂！
在那六年里啊，
在清华力404这个温暖的班集体里，
党的阳光雨露沐浴我们茁壮成长！

在四十七年前的1964年，
在那个火热的夏天，
我们把国家需要当作自己的第一志愿，
我们就从这迈出清华园，
启程远航，奔向祖国最需要的地方！

六十年时间空间，六十年初心不变
六十年思想记录，六十年永恒情感

我们怀揣着老师的教导，母校的期望，
把自己的一切献给人民，献给党！
我们决心用我们的智慧和劳动，
为祖国赢得荣光！

在四十七年后的清华百年校庆的今天，
我们都已白发苍苍、耄耋之年！
我们有的行动不便，有的听力下降，
有的记忆力退化，有的出门就忘记方向；
还有几位老同学告别了我们，奔向了天堂！
我们深深怀念他们！

我们今天在座的各位老同学，
个个精神抖擞，
人人身体健康，
我们都是有福之人，幸运之人！
我们今天能重迈清华园，
在这驻留了我们青春脚步的地方，
面对着亲爱的母校，敬爱的师长，
我们可以骄傲地说，
清华学子没有辜负母校的培养，
没有辜负老师的期望！
我们虽是平凡，但又伟大，
因为我们奉献多于索取，
因为我们为祖国贡献了青春，
因为我们闪耀着，
无悔的人生之光！
让我们好好地生活，
在十年后的2021年，

清华一百一十年校庆时,
再会清华园!

2011 年 4 月 27 日于清华园

2. 爱妻瑞湘百日祭　十二首

一

爱妻今日百日祭①,儿女媳婿放悲声,
巍巍太行立西廊,太子峪陵寄哀情。

二

一栋别墅台前供,金库银库满库容,
彩电冰箱全新型,洗衣机型选滚筒。

三

鲜花布满灵台桌,水果糕点样样丰,
三鲜水饺您最爱,一炷青烟飘长空。

四

岳母大人已作古,极乐世界能相逢,

爱妻恩情常怀念，来日乘鹤伴伊行。

五

爱妻相伴卌四年，麦积山下喜相逢，
集体婚礼天水县，五泉山下欣儿生。

六

北京十年无户籍，相亲相爱无怨声，
荣儿诞生京华地，全家和睦乐融融。

七

九八欣儿大喜日，零一宝宝添笑声，
零九荣儿大喜日，合家欢乐新航程。

八

忽报三月齐悲声，未见十月荣添丁，
武副所长亲送别，近百战友寄哀情。

九

爱妻今日百日祭，历历在目前半生，
中学任教七年整，桃李芬芳人称颂。

十

国防科研廿七载，荣立个人三等功，
部级成果获一项②，东海十号奖三等③。

十一

两本译著书架立，自有后人来传承，
任劳任怨好品质，苦干实干众公评。

十二

吾自身体吾自爱，儿女孝道有真情，
健健康康伴儿女，挥毫泼墨度后生。

       2011年6月7日草稿于时代庄园
       2011年6月15日墓地宣读

注：
①爱妻赵瑞湘于2011年3月8日在北京因病逝世。
②航天部某科技情报课题研究成果二等奖。
③东海十号在二炮定型列装时，重新命名为长箭十号巡航导弹。参加了北京国庆六十周年阅兵、2015年抗战胜利七十周年大阅兵。

3. 胜利之火长明火炬颂

  2011年11月11日中国空军建军62周年，在中国航空博物馆英雄广场南端之巨大石碑前，建成了胜利之火长明火炬，空军司令员许其亮亲自点燃。长明火炬由邵文清和我负责总体设计，把好质量关。覃正、牛余涛、戚磊负责设计，后中国航空博物馆又邀我担任该项目验收及鉴定委员会主任。吟诗记之。

    燕山南麓航博城，英雄广场贯长虹。
    英模丰碑垂千古，胜利之火照苍穹。
    中国空军长明灯，狂风大雪更增容。
    雷鸣暴雨浇不熄，战无不胜航空兵。

            2011年11月于中国航空博物馆

4. 淇水润泽鹤壁城

附记：2012年7月23日至7月28日，为编纂任氏家谱事故乡行六天。看鹤壁新区的巨大变化，心中十分激动，作诗两首，表达对故乡的深深热爱。

遥望太行数十盘，万山忽断两崖开。
中有淇水西自来，太阳山头一线天。
春雨添流瀑布宽，玉龙翻作潭中天。
淇水润泽鹤壁城，朝歌故里换新颜。

2012年7月于淇滨新区

5. 淇水托起仙鹤壁

中原西沿太行东，瞻彼淇奥绿竹青。
淇水托起仙鹤壁，响河波涛掀雷声。
鹤城淇滨南美景，淇园竹韵夺天工。
古韵新景观不尽，心爱故土目动容。

2012年7月于淇滨新区

6. 谢师恩

初夏时节谢师行，一别六十师生逢①。
朝歌城关深鞠首，心心相印热泪盈。
时长情深难尽叙，临别依依互叮咛。
常传音信多保重，来日迎师游京城。

2012 年 7 月 25 日于淇滨新区

注：

①我和岳武佐、岳智佐、纪东生、吕全都是淇县三完小的同班同学。7月25日我在朝歌东关一饭店设宴拜会当年给我们上课的杨育恩等四位老师。席间进行了感谢恩师活动，有感而作诗记之。

7. 舞友

同住时代园，舞友心相连①。
乐曲频奏起，彼此手相牵。
心中常做客，梦里曾相见。
冷热互关怀，品德重泰山。

2012 年 8 月 16 日于时代庄园

注：

① 2012 年 6 月 18 日，在时代庄园会所大厅，被小伍（红莲）拉下交谊舞场，至今已有两个月了。其间恰遇胡喜芬、罗伯权两位老师的指导和帮助。由于他们的耐心指导才坚持下来了。对跳交谊舞的基本动作，已基本掌握。

8. 我的前半生自述清鉴

附记：此文应淇县史志办公室之约而写。

淇奥乳汁哺育少年英才[①]，武汉二中立志求真致远[②]。
清华大学铸成厚德载物[③]，中国航天奋斗四十六年[④]。
国防科研做出三大贡献，三型导弹威震碧海蓝天[⑤]。
航天科技荣获六项成果[⑥]，科研试验荣记三度功册[⑦]。
核心刊物发表论文九篇，国家专利拥有两项授权，
北京奥运传递圣火珠峰，中央电视展现艺术人生[⑧]。

2012年1月21日于北京时代庄园

注：

① 1938年至1952年，在故乡读私塾和农村小学。毕业于淇县三完小。

② 1952年至1958年，在武汉二中，"求真致远"是武汉二中之校训。

③ 1958年至1964年，在清华大学，"自强不息、厚德载物"是清华大学之校训。

④ 1964年至2010年，在总字140部队，五机部六所，航天部二院二一〇所，四院四十五室，三院三十一所连续工作46年。

⑤ 完成YJ-8A、C802、YJ-83三型号飞航导弹之设计定型批产并列装海军。

⑥ 国防科工局国防科学技术奖一项，航天部科技进步奖四项，北京市

人民政府科学技术奖一项。

⑦分别荣立个人一等功一次、二等功一次、三等功一次。

⑧2008年7月12日，在CCTV-3作为台上嘉宾与主持人朱军对话，展现奥运设计之艺术人生。

9. 思念瑞湘夫人

春风欢度天水关，百合花开靓清澜。
而立京华进航天①，九度俄国引东海②。
杏花春雨润五泉，黄沙秋风醉雁滩③。
一片光明照我心，俛仰一世亦陶然。

壬辰年腊月二十三，小年上坟祭文

2013年1月

注：

①瑞湘1973年5月调入北京航天部四院四十五室，时年30岁。

②1992年至2000年，瑞湘连续9年9次随同三院科技代表团到俄罗斯，引进东海十号涡扇发动机。从此中国有了两千公里之巡航弹。

③五泉山公园和雁滩公园是我们到兰州探亲时必去的两个公园。

六十年时间空间，六十年初心不变
六十年思想记录，六十年永恒情感

10. 梦忆出生地

今天是吾七十五周岁生日,梦忆七十五年前诞生地。忆其历史之悠久,文化之深厚,十分欣慰。诗云:

东临淇奥竹青青①,氓之斑鸠深树鸣②。
春风带雨晚来急,鱼坡西头添一丁③。

2013年6月7日于时代庄园

注:
①《诗经·国风·卫风》淇奥篇。
②《诗经·国风·卫风》氓篇。
③在我上面有四个姐姐,吾是任家第一丁。

11. 祭祖文

时维2013年4月4日,节届清明。鱼坡任氏东院支系集合于罗鱼坡村之东,京广铁路之西,大小涵洞之间,任氏一世祖二世祖之墓前,谨奉时馐之尊,祭奠列祖列宗之灵。祭以文曰。

悠悠吾祖,黄帝嗣宗。
五千年前,封国赐姓。
封子禹阳,任国任城,
子孙后代,国名为姓。
《左传正义》,青史垂名[①],
山东济宁,任姓始宗。
朴实无华,淳厚家风,
辈分有序,宗族特征。

任氏宗族,百代盛昌,
名人荟萃,万古流芳。
南朝任昉,三朝文纲[②]。
元代仁发,疏吴淞江[③]。
清代三任,画技独创[④]。
创新中国,弼时增光[⑤]。
淇水清流,后波逐波,

代有贤者，名扬淇汤⑥。

元末明初，中原荒凉，
洪武七年，敕令迁乡。
吾始迁祖，东出太行，
大槐树下，世代传扬。
迁居中原，六百余年，
本支任姓，嗣后失传。
康熙举人，纪纲曾言⑦，
编修族谱，责在当代。

大清嘉庆，民风和畅，
高村任氏，鱼坡拓荒。
吾祖一世，养牛种粮，
二百余年，人丁兴旺。
和睦秦罗，筑庐建乡。
克勤克俭，代代相仿。
枝繁叶茂，源远流长，
功垂不朽，祖德名扬。

当今任氏，薪火和畅，
人才济济，造福梓桑。
精忠报国，民富国强，
复兴中华，中国梦想。
吾辈子孙，齐聚一堂，
叩拜先祖，颂祖华章。
礼义恭谦，门第书香，
祖之香火，世代兴旺。

太行巍巍，淇水沧沧，
神州大地，瑞霭东方。
先祖恩德，日月同光，
祖天之灵，护佑隆昌。
缅怀吾祖，植根故乡，
祈祷任氏，幸福安康。
清明佳节，齐聚坟上，
虔申昭告，伏惟尚飨。

六世力欣 叩上
2013年4月4日

注：

①《左传正义》载，任氏是5000年前黄帝赐封的12个基本姓氏之一，是一个十分古老又具有光荣传统的姓氏。黄帝少子禹（禺）阳被封在任国（今山东济宁市），其后裔以国名为氏。

②任昉，乐安博昌（今山东寿光）人，南朝学者。历任宋、齐、梁三朝。以表、奏、书、启诸体散文擅名。著有《任彦升集》。

③任仁发，松江青龙镇（今上海青浦）人。元代著名画家，水利家。曾主持疏浚吴淞江工程。官至浙东道宣慰副使。著名的《二马图》为其代表作。

④任伯年，山阴（今浙江绍兴）人。清代著名画家，技法上有独到之处。与任熊、任薰合称"三任"。

⑤新中国开国元勋之一任弼时，湖南长沙人。

⑥四世长安，汤阴县劳动模范饲养员。模范事迹登在1960年12月20日《汤阴县报》上。五世国彦曾参加解放战争，荣获"解放奖章"等九枚。五世国周，导弹固体火箭专家，史载《淇县县志》。

⑦纪纲为淇县迁民村的淇园纪氏西门三世，清康熙壬子（1672年）科举人，时在淇县城内建有文魁牌坊。

12. 故乡感怀

  自2012年7月始至2014年4月，历时二年，我先后五次回故乡与家乡亲人共同编写任氏家谱。在任氏家谱颁发仪式上，我心情激动，发表感言之。

生之于斯河南故乡，
成长于斯沐其曙光。
七旬有五阅其沧桑，
山川巨变乡亲安康。
远景前瞻国有梦想，
民心安定真情颂扬。
幸甚乐之吾土吾乡，
倾吾挚诚奉歌阕章。

2014年4月4日于罗鱼坡

13. 赠张同茂先生

附记：读《张同茂诗书画印摄影作品选集》有感。

农家清贫英才铨，石市一专哈船院。
信息研究首创建，口碑载道献航天。
诗书画印摄影涵，真行隶篆草争艳。
同为农家一子弟，吾赞无尘①显汗颜。

2014年7月于云山
书赠张同茂先生雅正
甲午年荷月

注：
①无尘，张同茂之号也。

14. 爱妻瑞湘三周年祭　六首

一

爱妻别离三年整，太子峪陵寄哀情。
儿女媳婿来祭拜，厚孝厚礼厚深情。

二

金银鲜花灵台供，水果糕点样样丰。
馅饼水饺你最爱，一缕青烟飘长空。

三

岳母大人亦作古，八宝山墓合一冢。
岳母太婆亦合墓，极乐世界又相逢。

四

爱妻别离三年整，日夜思念爱妻情。
相濡以沫卌四年，同心协力创前程。

五

爱妻容颜常在心，桃花有运不心动①。
三院书协新会员，挥毫泼墨伴余生。

六

欣荣阖家全平安，孙女日夜念奶情。
儿女孝顺身体健，来日乘鹤伴伊行。

2014年2月25日初稿
2014年3月8日在坟上宣读之
2014年7月整理重抄于此

注：
①爱妻赵瑞湘永远活在我的心中。

六十年时间空间，六十年初心不变
六十年思想记录，六十年永恒情感

15. 雨中情醉

　　附记：昨天晚上七时半，罗伯权、胡喜芬约我、翟京茹、曾冬慧、谢书英到新建的红军营公园跳交谊舞。我是第一次去，格外新鲜。但天公不作美，天空飘下了阵阵小雨，因舞兴正浓，一直在小雨中跳了半个多小时，九时许雨小了，情醉了，才回时代庄园家中。有诗记之。

夕阳西下红军营，一条栈道升空中。
灯火阑珊添月色，花海环抱似仙境。
乐曲悠扬舞正浓，水滴沾身知雨情。
雨中舞步格外美，舞然情醉才收兵。

2014年7月16日于时代庄园

16. 庆祝中国共产党成立九十三周年

附记：此文是为庆祝中国共产党成立九十三周年而创作的，其目的是写成书法，参加"来广营地区'美丽朝阳·乡村行'书画摄影联展"。本幅作品被选中，参加了联展，并获得广泛好评。

南湖建党喜迎着三辉煌，润之①思想照亮亚洲东方。
希贤②理论唱响春天故事，三个代表③开启时代曙光。
科学发展④引领思想解放，中国之梦⑤创建复兴富强。
共产党员聆听五大乐章，伟大祖国崛起世界一方。

2014年6月于时代庄园

注：
①润之，毛泽东之曾用名。
②希贤，邓小平之曾用名。
③江泽民提出"三个代表"重要思想。
④胡锦涛提出科学发展观。
⑤习近平提出"中国梦"。

17. 北京第二十九届奥运会珠峰火炬珠峰传递纪念文

  公元二〇〇八年五月八日九时，中国登山队在八八四〇米珠峰高度，奉命奥运圣火珠峰传递。登山队员罗布占堆，用引火棒从珠峰火种灯里取出奥林匹克之圣火，点燃第一棒火炬手吉吉之珠峰火炬。第二棒王勇峰，第三棒尼玛次仁，第四棒黄春贵，圣火接力传递，第五棒火炬手次仁旺姆，在八八四四点四三米珠峰之顶点燃珠峰火炬。圣火闪耀珠峰，全球燃激情。中国完成七年前在莫斯科对世界之庄严承诺。奥运史上圣火第一次登上珠峰，第一次传递火炬，五环旗、中国印旗、五星红旗第一次同时展现地球之巅。习近平副主席电贺圆满成功。中国航天科工集团受北京奥组委之委托研制之珠峰火炬系统，谱写奥运史上新篇章。航天高新技术攻克低温、低压、大风和科技奥运理念之完美展示，中华民族之伟大创举，将永远留在世界人民之记忆里。珠峰火炬系统总设计师刘兴洲院士航天心封笔之作，世代永存。

中国航天科工集团奥运火炬研制六周年纪念
2014年8月任国周撰于北京云山

18. 北京第二十九届奥运会祥云火炬环球传递纪念文

公元二〇〇八年三月二十四日十时，北京天安门广场，胡锦涛主席在圣火台，用希腊奥林匹亚之圣火点燃首支祥云火炬，交给第一棒火炬手刘翔。祥云火炬环球传递。八月八日在北京鸟巢，最后一棒火炬手李宁，手擎火炬，空中云步，用祥云火炬之圣火点燃主火炬，熊熊火焰，万众欢腾。祥云火炬传递历时一百三十天，行程十五万公里，有二万一千八百八十名火炬手，在五大洲二十个国家和地区点燃激情，传递梦想。开创奥运史上火炬传递时间路线最长，火炬手最多，圣火稳定燃烧合格率最高之新纪录。北京联想集团和中国航天科工集团之组合，在国际三百余家设计投标中胜出。融炫靓云纹中华文化又航天高科技之祥云火炬誉满全球。航天双火焰独特技术和科技奥运理念之完美展示，和平友谊进步之理想，将永远留在世界人民之记忆里。祥云火炬系统总设计师刘兴洲院士航天心封笔之作，世代永存。

中国航天科工集团奥运火炬研制六周年纪念
2014 年 8 月任国周撰书于北京云山

19. 建国六十五周年颂

附记：本幅书法作品曾参加三十一所书画展。

伟大祖国喜迎耆五辉煌①，润之思想照亮亚洲东方。
希贤理论唱响春天故事②，三个代表开启时代曙光。
科学发展引领思想解放，中国之梦创建复兴富强。
伟大人民聆听五大乐章，中华民族崛起世界一方。

2014 年 8 月于时代庄园

注：
① 从《礼记》中查之，人至耆年，六十；耄年，七十；耋年，八十；耇年，九十。
② 希贤，邓小平之曾用名。

20. 重阳节感怀

在2014年9月29日，北京时代庄园社区举办的重阳茶话会上，以此诗作为发言之。

金秋菊桂香，重阳话沧桑。
青春留不住，转眼鬓发霜。
莫道人已老，桑榆叶亦黄。
幸运逢盛世，年臻耄耋康。
惯看天下事，挥毫翰墨香。
欢度夕阳红，更喜晚辈强。
红旗光辉照，全民心欢畅。
青山满目望，中国梦顺昌。

2014年9月29日于时代庄园

21. 赞时代庄园社区工作者

你们用美丽的青春，
在时代社区写下壮丽的诗篇；
你们用火样的热情，
让居民露出开心的笑颜。
你们用实际行动，
共建时代社区的幸福家园；
你们用辛勤汗水，
浇灌时代社区的美好明天。
居民的幸福安康，
是你们的最大心愿；
社区的文明和谐，
更让你们勇于创先。
为实现伟大的中国梦，
让我们携手努力，向前！向前！！向前！！！

2014 年 12 月 25 日写于时代庄园社区文体工作总结会上

22. 走为上

今天下午翟京茹约我们六人到东小口旺地舞厅跳交谊舞。小伍因事未到,结果造成缺一女伴。小翟与我跳完第二支舞曲以后,让我自力更生,结果发生了……有感,吟诗记之。

> 旺地舞厅觅舞伴,二请二遭谢绝言。
> 不怨别人只怨己,舞技不高耄之年。
> 心中不爽窘境显,萌生退场回庄园。
> 三十六计走为上,缓和心情保平安。

2014年12月31日于时代庄园

23. 来广营，我新的可爱家园

附记：我来到来广营时代庄园社区生活，已经四年了。我对来广营从无知到有知，从无感到有感，直到热爱。今天，我想借着时代庄园社区羊年联欢会之机，唱出我对来广营的赞美之歌。

展开美丽北京的雄伟画卷，
她，来广营，
只是其中一帧小小的画面。
可我总想向朋友们宣告，
这个地方就叫来广营，
这是我新的美丽家园。

党的阳光洒满了这块，
城乡交融的田园，
奥运春风为她撑起一片，
清澈明亮的蓝天。
这里高楼林立，道路通远。
这里林茂水碧，草绿花艳。
这里有中国航空研究院，
有中国环境科学研究院，
这里是中国现代化高科技的前沿！

我们都是来自五湖四海，
我们这些从天南地北聚集来的人啊，
在这里共同谱写人生的新的诗篇，
共同描绘一幅理想的春天。
我们汇聚成一条滚滚洪流，
一条幸福生活的源泉！
啊，激情的来广营，
我新的可爱家园！

来广营绵延着华夏文明的久远，
奥林匹克公园续写着古国文明的新篇。
红军营悬空花海，让人们在细雨中流连忘返，
勇士营文化广场歌声嘹亮，舒展情怀，
清河营关爷庙庄严古朴，保佑四方平安，
华贸娱乐城击打着时代节奏的鼓点，
北苑街心公园广场上，中老年舞姿翩翩。
啊，文明的来广营，
我新的多彩家园！

我曾到过祖国各地的名山大川，
也曾领略过异国风情的美感。
每当我赏尽这些无限风光，
我都会对来广营有许多刻骨铭心的怀念，
有许多情景都会在我脑海中浮现。
我思念怀抱中熟睡婴儿的笑脸，
我思念校园里胸前飘着红领巾的少年，
我赞美在各个工作岗位奋力拼搏的青年和中年，
我羡慕在公园长廊上那些悠闲散步的老年，

我更珍爱舞池中鲜红石榴裙飞转的瞬间！
啊，和谐的来广营，
你才是我心中新的最真最深的眷恋！
你才是我心中新的最美家园！

时代庄园社区居民任国周
2015年2月2日于来广营

24. 咏翟京茹门前之一棵白玉兰树

翠枝多力引风长，点破白花玉雪香①②。
兰树似知人家好，隔窗轻解白霓裳。
高枝朵朵白花放，爱逐春风喜朝阳。
多情不改年年色，百年芳心伴宅旁。

2015年3月16日于时代庄园

注：

①翟京茹女士在家门口窗前植有一棵白玉兰树，树龄十年有余，将进入盛花期。她请我到现场观之，洁白如玉的花朵，令人陶醉，特赋诗一首。

②吾将本诗书写成四尺中堂赠张先生翟女士惠存。京茹是吾时代庄园的好朋友。

25. 咏祖英英门前之一棵紫玉兰树

翠枝多力引风长,点破紫花玉雪香①②。
兰树似知人家好,隔窗轻解紫霓裳。
高枝朵朵紫花放,爱逐春风喜朝阳。
多情不改年年色,百年芳心伴宅旁。

2015 年 3 月 25 日于时代庄园

注:

①祖英英女士在家门口窗前植有一棵紫玉兰树,树龄十年有余,将进入盛花期。紫玉般的花朵甚至能从春天开到秋天,三季有花。她约我到她家门前观赏并赋诗赞之。

②吾将本诗书写成四尺中堂赠祖女士惠存。英英是吾时代庄园的好朋友。

26. 喜盼时代庄园社区明天更加美丽辉煌

(集体诗朗诵)

　　附记：这首长诗，原本是我自己写，由我自己在五月鲜花文化广场上代表社区合唱队出的一个节目——配乐诗朗诵。后来在姜书记建议下，逐渐发展成由部分社区合唱队员、社区志愿者和社区工作者组成的近二十人的配乐集体诗朗诵，并由我和王秀云领诵，获得广泛好评。

女领：今天的五月鲜花文化广场，
　　　到处洋溢着百花齐放的芬芳。
　　　当你迈入这如诗如画的时代庄园，
　　　总是会让人们首先眼前一亮！
男领：你看啊，
　　　那红顶尖尖又默默耸立的五层钟楼，
　　　正朝气蓬勃地迎接新生活的曙光，
　　　时时刻刻在为时代庄园社区广布着吉祥之光。
女领：你看啊，
　　　那红瓦白墙又庄重典雅的三层欧式洋房，
　　　正是我们社区居委会办公的地方，
　　　天天在为时代庄园社区展示着文明和谐的幸福之光。
男女齐：喜看今日的时代庄园社区，
　　　　已是一派精心打造的幸福来广营的满园春光，
　　　　今天的五月鲜花文化广场啊，

又在唱响来广营和谐之光的共建乐章！

女齐："一切为了人民"，
"让人民生活得更加幸福，更有尊严……"
这声音来自我们的党中央。
男齐：这声音代表着人民的向往，
办好中国的事情，关键在党，
人民，永远是推动历史长河的巨浪。
女齐：习总书记提出的伟大复兴的中国梦，
字字句句说到了我们的心坎上。
男齐：文明，永远是社会建设的主旋律，
和谐，永远是社会稳定的主航向。
女齐：平安，永远是百姓安居乐业的保障，
宜居，永远是千家万户的殷切期望。
男女齐：居民在参与中营造着幸福的时代庄园社区，
人们在生活中已深深感受到时代庄园社区的幸福荣光。

男领：当你走进时代庄园社区的办公地方，
你会发现——
女齐：这里有帮困的定向，
这里有助残的专项。
男齐：这里有党员之家，阅览室，棋牌坊，
这里有健身广场，科普走廊，
这里有宽敞明亮的歌舞练功房。
女齐：这里有居民们自制的AA制节日便宴，
这里更有居民邻里的常态互帮。
男齐：总之，这里有丰富多彩的精神食粮，
这里是社区居民心中的暖阳！
在这平实厚重的平台上，

居民们演奏着快乐生活的交响。

女领：当你阔步走在社区的环形大道上，
你会感到绿树成荫，
身在鲜花盛开的村庄。
男领：当你走进社区后海和社区西湖之滨，
你会发现溪水相连，四周是栋栋别墅洋房，
湖水清澈见底，碧波荡漾。
女齐：居民在这里品时尚，话家常，
如有漫步在北京后海和杭州西湖之旁的畅想。
男领：时代庄园社区啊，
处处又是七彩炫动的海洋。
女齐：这里莺歌燕舞，
这里翰墨飘香。
男齐：这里空竹飞舞，
这里太极传扬。
男女齐：中国传统文化的浓郁芬芳，
体现着居民核心价值的力量！

女领：五月的鲜花文化广场啊！
你引来无数的美文华章。
男齐：时代庄园社区的发展愿景，
如诗，如画，如歌，如梦……
女齐：那月宫寂寞的嫦娥啊，
也禁不住想下凡和我们共享，
男女齐：喜盼时代庄园社区的明天更加美丽辉煌。

时代庄园社区居民任国周
2015 年 4 月 22 日

27. 铭记历史

附记：为庆祝抗日战争胜利七十周年，铭记历史，缅怀先烈，创作此诗，并书写成书法作品参展。本作品在朝阳区来广营地区书画展上获优秀作品奖。

七月七日睡狮醒，杀敌何人计死生。
铜墙铁壁人铸就，挥刀劈寇留英名。
同仇敌忾战东瀛，中华儿女建奇功。
庆祝胜利七十年，满怀忧愤尚难平。

2015 年 6 月 7 日于时代庄园

28. 感谢助人为乐的三位老朋友

北苑公园东广场,绿树廊柱环身旁。
舞曲悠扬陶人醉,翩翩起舞人欢畅。
助人为乐陈樊王①,义务播放三百场。
不畏酷暑战严寒,祝愿三友福寿康。

2015 年 8 月 27 日于时代庄园

注:

①名为陈玉林、樊国瑞、王军(女)三位老朋友。他们自费购置大的音响设备,并且他们三位又轮流值周,义务播放广场交谊舞曲,天天上午按时播放,不畏春夏秋冬。吾书写"滚滚长江东逝水"书法作品赠与他们每人一帧,并附本诗一首。

29. 献给时代庄园社区合唱队的赞美之歌

附记：《椰岛之歌》是印度尼西亚的一个歌舞节目。全体着印度尼西亚民族服装，格外亮丽。有印度尼西亚民族乐器昂格隆演奏，有独唱、三重唱、合唱，更有一组四对男女之印度尼西亚舞蹈，我是四对舞者之一，女伴尹艳。

今天的来广营文化广场，
处处闪耀着美丽的光泽。
服装各异的十八支社区合唱队，
齐聚在第二十一届金秋艺术节。
各展其能，精彩纷呈，
掌声不时在空中响彻。
这十八支社区合唱队啊，
都在热切盼望着比赛的结果。

当评委宣布时代庄园社区合唱队，
荣获二等奖（总分第二名）的话音刚落，
我们合唱队员们啊，
立刻掌声四起，甚至流下激动泪花！
我们会聚在一起，
我们围绕在二等奖牌的两侧！
我们合影，我们唱歌。

我们一起欢呼雀跃！
一年的艰苦奋斗历程，
在我脑海里急速闪过，
此刻的欢呼雀跃，
呼唤起我心中一年来的多少酸甜苦辣，
任凭花开花落，
我们从没有忘记合唱队号召我们，
争取前五名的那一刻！
春去冬来，日出日落，
坚持创新，锲而不舍。
为改变合唱队面貌，
千方百计提高合唱队员们的发声音色，

天知道我们付出了多少心血，
地知道我们有博大胸怀和不屈本色！
合唱队坚持孔老夫子"有教无类"之理念，
合唱入队不设门槛，
没有对年龄和身高的制约！
合唱队广开大门迎接老年朋友想唱歌的快乐！
我们是在用不懈的追求去谱写和谐的《椰岛之歌》，
合唱队经历了多少坎坷波折，
合唱队始终不渝地坚持着教歌育人的本色！
山知道我们披星戴月，
海知道我们奋力拼搏，
我们终于为社区谱写出了一首成功的椰岛之歌！

感谢你啊，合唱队！
我们愿意跟着你，
在未来的日子里赴汤蹈火！

我们愿意跟着你啊，
走出来广营，迎接朝阳，
走进北京，奔向全国！

我们的余生还有几回搏！
我们要敢于有梦，
勇于追梦，
我们要勤于筑梦，
立志圆梦。
我们要把合唱队团结奋斗的精神高歌，
我们要把合唱队出彩的机会准确把握，
我们要把无限美好的心曲唱响云彻！
我们要把夕阳红的正能量尽情释放，
我们要发出耀眼的光和热！

　　　　2015年9月23日午夜24时时代庄园

30. 庆祝鹰击八三导弹胜利日受阅天安门广场，感怀鹰击八三导弹定型飞行试验打靶成功

葫芦岛外试验场，波涛滚滚掀巨浪。
八三导弹凌空起，试验团队百炼钢。
火箭咆哮战地狂，涡喷砥砺震四方。
待到祖国需要时，火弩雕弓灭豺狼。

2015年9月3日写于抗日胜利70周年胜利日
首次北京阅兵之过程中于时代庄园

31. 珠峰火炬颂

附记：余曾荣获北京2008年奥运会珠峰火炬系统研制个人一等功。在三院庆功大会之后，心中无比激动，特赋诗一首《珠峰火炬颂》。在2015年10月第八届中国重阳书画展郑州赛区创评会上，本人以此诗之现场创评书法作品参赛，荣获总分453分（五位评委），排名第48名，获银奖，并被推荐加入中国老年书画研究会。

普罗火种献人间，奥运火炬珠峰传。
祥云托起火凤凰，五星五环飘青天。
火凤飞舞照万山，和平友谊撒宇寰。
庄严许诺今实现，奥运史上写新篇。

2015年10月书于郑州创评会上

32. 郑州书画创评即席有感

  第八届中国重阳书画展现场创评于10月9日在郑州举行，有298人齐聚一堂，现场挥毫泼墨创评。本人属首次，一提笔还有些紧张。好在静下心来，在规定的四十分钟内，完成了颜体楷书《珠峰火炬颂》一件作品。在当晚举行颁奖仪式上，吟诗一首，并当场朗诵之。

  三百秀才聚中原，挥毫泼墨抒情怀。
  荆楚擎起书法报，书画开创新地天。
  今逢盛世万民欢，重阳书画八届展。
  老骥伏枥展宏图，现场创评摘银牌。

2015年10月9日于郑州

33. 赞张同茂书画展

挥毫泼墨三十年，塑造书魂肩上担。
孜孜不倦启睿智，呕心沥血谋新篇。
春蚕丝成铺锦绣，诗书画印献人间。
无尘探粹存天下[①]，航天同人尽开颜。

2015年10月15日创作于云山同茂书画展会上

注：
①《无尘探粹》是张同茂出版的一本书画作品选集。

34. 丰台海选有感

银发飘飘展才华，丰台海选上百家[①]。
椰岛之歌撼评委，直接晋级一枝花[②]。
亦歌亦舞美如画，新建团队放光华[③]。
金秋十月情无限，决赛颁奖有我家。

2015年10月31日夜于时代庄园

注：

①第三届银发飘飘中老年人才海选赛于2015年10月31日在丰台刘庄子老吾老养老院举行。据说参赛团体有上百家。时代庄园社区合唱队参赛节目是《椰岛之歌》，我和巩宝侠为伴，是四对舞者之一也。

②时代庄园合唱队参赛印度尼西亚歌舞《椰岛之歌》，三位评委一致举牌直接晋级。

③最近有一支北京交道口地区知青合唱队加入时代庄园艺术团。

35. 献给时代庄园紧急事务协调小组全体志愿者

在时代庄园呈现紧急事务的关键时刻，
你们挺身而出，把千斤重担压在自己的肩上①！
在时代庄园业委会诞生后的大喜日子里，
你们又高风亮节，解甲归田，
让业委会去迎接，时代庄园明天的新曙光！
紧急事务协调小组全体志愿者啊②③④，
你们的名字多么响亮，
你们的思想多么高尚，
你们的行动令人赞赏，
你们的业绩那么辉煌！

紧急事务协调小组全体志愿者的行动，
谈不上惊天动地，但这一时一事却投射出社会的新风尚！

他们的成员，看似平平常常，
但他们的思想却绽放出耀眼的光芒！
他们的工作艰难困苦，可能为一般人所不知，
但他们却代表着业主们的心想！
他们对付出从不要求回报，他们拥有"为人民服务"的伟大思想！

紧急事务协调小组全体志愿者啊，
你们辛苦在小区各户，
你们辛苦在四面八方，
你们辛苦在紧急事务的不同岗位上！
你们虽没有直接创造出可观的GDP，
但你们却在丰富着小区居民的精神食粮！
试请想一想，如果我们时代小区有更多一些志愿者，
那么，我们时代小区将会变个更好的模样！

让我们在新业委会的带领下，
同心协力，有难共当，
和谐家园，不是梦想，
美丽小区，就在前方！

居民任国周写于时代庄园
2016年1月13日

注：

① 2015年夏天，时代庄园的上届业委会集体辞职，又恰逢会所产权变更，经常停电，业主自发上访。后经业主推荐，个人自愿，在居委会姜书记主持下，产生了一个时代庄园临时紧急事务协调小组，并上报来广营工委审批。张伟任组长，成员有田朝晖、彭剑、翟京茹等。

② 初稿写作于当天下午时代庄园业委会与居委会工作交接仪式上，并即席朗诵一遍。坐在我对面的紧急事务协调小组志愿者翟京茹当即索

要此文。

③此文于2016年1月15日发表在小区微博上。

④1月16日,小区居民徐虹(东北抗日英雄赵尚志之外甥女,北京某中学校长),当面对我说:"你写的诗微友反应热烈,咱小区里大有有情有义的人。"

36. 喜读同茂先生新作草书三百首

春夏秋冬年年过,天下文人抒怀多。
诗词深藏书千卷,博览典籍集精华①。
梅兰竹菊独幽香,清秀淡雅不争芳。
同茂草书三百首,华夏诸贤齐品赏②。

2016年3月2日于云岗

注:

①张同茂草书《春夏秋冬梅兰竹菊三百首》一书,中国文联出版社(2015)出版。

②余书写成龙门对之条幅,在书法班上展示,并请同茂先生雅正。

37. 铭记历史　七律

——纪念红军长征胜利八十周年

附记：本诗在 4 月 5 日写成书法楷书四尺条幅在书法班上展示，获得好评。后又在时代庄园的五月鲜花文化广场上，现场挥毫泼墨行书展示，获得热烈掌声。

红军长征路遥迢，风雨无边逐浪高。
湘江西渡破重围，遵义城头乌云消。
娄山迈步雄关道，赤水四渡显神招。
泸定飞夺过草地，会宁三军红旗飘。

2016 年 3 月 18 日草稿
2016 年 3 月 20 日初稿
2016 年 4 月 5 日定稿

38. 庆祝中国航天成立六十周年

中国航天六十年，鹰击导弹震宇寰。
精确打击显威力，震撼西太保国安。
鹰击八号创业难①，八四阅兵小平观②。
航天精神今在手，高超能破岛链关③。

2016 年 3 月 28 日草稿
2016 年 3 月 30 日初稿
2016 年 4 月 5 日定稿

注：

①鹰击八号导弹在 20 世纪 70 年代研制十分艰难，俗称小二黑。1984 年设计定型，列装海军。1986 年鹰击八号导弹武器系统荣获国家科技进步特等奖。

②1984 年庆祝中华人民共和国成立 35 周年天安门阅兵，鹰击八号导弹方队，受到邓小平检阅。

③本诗在 4 月 5 日写成书法楷书四尺条幅在书法班上展示，获得好评。

39. 我的四十六年航天梦　二首

附记：王昌杰副会长认真看了我在书法班展示的这幅作品，还向我询问了几件事，并说是他接收四院四十五室整建制调整到三院的。事后我从冯副会长那里得知王昌杰原为三院政治部主任，第一任人事部长。

一

中国航天六十年，四十六年吾在战①②。
二院四院二十载，我为国家干预研。
两大预研双中断，成果未收青春献。
科研总有奠基石，体制调整到三院。

二

少说多干真心干，自强不息记心间。
厚德载物不埋怨，厚积薄发硕果坚。
三型导弹震蓝天，奥运火炬珠峰传。
科研成果获六项，三次立功优党员。

2016 年 3 月 26 日草稿
2016 年 4 月 19 日定稿于时代庄园

六十年时间空间，六十年初心不变
六十年思想记录，六十年永恒情感

注：
①为庆祝中国航天成立六十周年而创作。
②本诗在4月5日写成书法楷书四尺条幅在书法班上展示，获得好评。

40. 一个孝字大于天①

天高地厚父母恩，千言万语心连心。
父母在时家就在，老人安康儿欢欣。
中华美德血脉传，坚持孝道国安泰。
一个孝字大于天，世代相传永不衰。

2016年6月2日于时代庄园

注：
①本文应2016年来广营地区书画作品展征集通知，活动主题"敬老爱老"而创作，并写书法作品而参展。获北京市朝阳区书画展入围奖。

41. 时代庄园有梧桐①

时代庄园荡春风，景色优雅红军营。
会所楼前飞笑语，钟楼塔下飘歌声。
飞鸟西湖声声歌，碧波后海绽芙蓉。
人和气顺居民乐，盛赞时代有梧桐。

2016年6月10日（五月初七）于时代庄园

注：

①赞时代庄园小区志愿者组织时代庄园小区居民在端午节利用休假开展义务劳动，美化小区居民生活环境之精神。6月10日（五月初七）实到五六十人，其中有中小学生约十人。劳动之内容是在小区内捡拾生活垃圾。我在捡拾过程中赋诗一首，并在活动现场小结会上朗读之。

42. 赞云岗①

丰台河西荡春风，景色优雅航天城。
超越广场飞笑语，镇岗塔下飘歌声。
千灵山上声声歌，云山叠翠慢慢行。
人和气顺居民乐，盛赞云岗有梧桐。

2016年6月13日（五月初十）于云岗

注：

① "时代庄园有梧桐"那一首诗，在网上发表后，一致好评。业委会之曹秘书亲自向我请该诗楷书字一幅，并挂在办公室内。6月13日正是我七十八岁之生日（农历五月初十），正好有好心情，按上首诗之平仄之律，又写一首《赞云岗》，以示情怀也。

43. 党颂①

——庆祝建党九十五周年

南湖建党永不忘，耇五沧桑风雨狂。
井冈星火燎大地，北京五星红旗扬。
唯有一党公心在，才有亿民洪福长。
圆梦中国当己任，誓教中华更辉煌。

2016 年 6 月 15 日草稿
2016 年 6 月 21 日一修
2016 年 6 月 27 日二修
2016 年 6 月 30 日定稿

注：

①耇（gǒu），意是九十年，人之九十岁。

本诗写成书法作品在第三届中国"六艺杯"2016 年中国北京国际书画名家交流展上，获银奖。

44. 生态保护八十字诀[①]

环境遭污染，万物不得生。
生态主平衡，万物竞相争。
达尔文有言，人同物有争。
适应环境论，人类先决定。
维护生命学，都有斗争性。
提倡科学化，反对迷信风。
生态工作者，保卫大家庭。
生态保护好，全球享太平。

2016 年 6 月 21 日草稿
2016 年 7 月 5 日修订
2016 年 7 月 10 日定稿

注：

① 为了参加中国梦文化复兴 2016 年"生态杯"书画大赛，而撰编此文《生态保护八十字诀》，并书写成楷书投稿参赛。

45. 咏杨梅

——赠杨玉梅老师①

五月杨梅已满林,初望鹤顶殷生津。
绿荫翳翳连山偶,丹果累累缀青枝。
众口尽道甜似蜜,更有奇处微酸滋。
诗成一寄山语友,当解乡愁爱闽心。

2016年8月初稿
2016年11月定稿

注:

①杨玉梅,女,福建人,高级数学教师,学识渊博,性格温顺,待人谦和,是我在北苑地区的好朋友。每谈及福建,那是我清华毕业后到福建前线下连当兵的地方,倍感亲切,尤其那望梅止渴的故事,记忆犹新。

46. 江城子·开国领袖毛泽东

附记：2015年12月26日，在北京人民大会堂观看纪念毛主席诞辰音乐会。我们五位老亲家一起观看。观后以铭记历史、缅怀先烈之情，填词一首，以此纪念之。

湘楚雄才救苍生，韶山冲，唤龙腾。秋收起义，开辟井冈星。指挥雄师百万兵，抗日寇，坐北京。

诗文荡气耀天庭，舞东风，展鲲鹏。日月长久，五卷远航灯。万里江山基业固，党永在，江山红。

2015年12月28日初稿
2016年12月整理成文

47. 金鸡颂 二首

一

金鸡一唱准八十，豁齿华发入古稀①。
回首往事多曲折，信念永恒初心痴。
武汉二中求真知②，水木清华铸基石③。
四十六年航天梦，奥运珠峰创奇迹。

二

七十又三提毛笔，老骥伏枥再奋蹄。
心醉颜体多宝塔，情钟史晨圣教序。
翰墨飘香有佳期④，北京六艺授院士⑤。
诗书激情落九州，无限夕阳更艳丽。

2017 年 1 月 27 日初稿于丙申除夕全家宴桌上

注：
①今天是丙申年除夕夜，荣儿一家也来了，不胜欢喜，明天就是金鸡一唱丁酉年了。按常规计算，我到下半年就开始吃八十的饭了。有感而发，在全家宴上，即席咏《金鸡颂》。

②武汉二中之校训是"求真致远"。

③清华大学之校训是"自强不息,厚德载物"。

④ A.2015年10月,荣获(郑州)第八届中国重阳书画展银奖,作品入选《2015卷当代书画家名录》,第038页。

B.同年12月加入中国老年书画研究会,会员证号(京)X10580。

C.2015年10月,荣获北京朝阳区来广营地区书画展优秀奖。

D.2015年9月,荣获中国关心下一代工作委员会公益文化中心感谢状(牌)。

E.2015年10月,纪念中国人民抗战胜利七十周年,书法作品入选《中国当代书画名家艺术作品集》,第67页。

F.2016年2月,荣获中国航天三院书画展进步奖。

G.2016年9月,荣获北京市朝阳区书画展入围奖。

H.2016年10月,荣获香港纪念孙中山先生诞辰150周年书画大赛入围奖,作品入选《书画大赛作品集》,第362页。

⑤2016年10月,荣获第三届中国"六艺杯"国际书画名家交流展(北京国家会议中心)银奖,作品入选《中华当代书画珍品典藏》,第122页,授予"中华当代终身成就艺术家"荣誉称号。

同年12月,又授予"中国北京六艺嘉韵书画艺术研究院院士",院士证号11020161646。

48. 庆祝香港回归二十年 二首

一

香港回归二十年，一国两制谱新篇。
社会稳定民心安，两地同胞俱欢颜。
经济腾飞繁荣添，中国崛起震宇寰。
中华儿女齐祝愿，紫荆花开更鲜艳。

二

五星红旗迎风展，紫荆花开更娇艳。
香港回归二十载，祖国盛世展新颜。
一国两制政策好，东方之珠正闪耀。
祖国壮大巨龙飞，民富国强在今朝。

2017 年 2 月 27 日初稿于时代庄园
2017 年 3 月 6 日修订

49. 赞垂柳

早早发芽枝条青，美发垂髻绿丝丛①。
春风轻拂婀娜枝，疑似靓女落湖中。
百花齐艳相争宠，遮阳淡定秀清风。
君子若愿幽静驻，颐和西堤②育晚晴。

2017年3月8日于时代庄园

注：
①在时代庄园会所北侧之西湖和后海的岸上，垂柳成林。每到春天早早发芽，枝条青青，美不胜收。但又落叶较晚，似有留恋晚晴，特赋诗一首记之。
②颐和园西堤上更有百年垂柳成行，美不胜收也。

50. 咏迎春花

二月春花纤嫩黄，金花翠萼绿条长①。
迎得春风非自足，百花齐放共芬芳。

2017年3月10日于时代庄园

注：
①时代庄园会所坐北朝南，每到春天这里的迎春花开得最早，最耀眼。今作诗一首以记之。

51. 赞杨杰

航空医院搭平台,志愿服务展风采①。
千百问者似亲人,你的回答暖胸怀。
春风化雨解疑难,你的微笑充满爱。
志愿服务我尊敬,和谐之花北苑开。

2017 年 3 月 27 日于时代庄园

注:
①上午,我到航空总医院门诊开药,并到大厅看望杨杰女士。她到这里当志愿者快一年了。每逢周一上午,当我在门诊大厅看到她时,只见她穿着志愿者黄色背心,人更显得潇洒、俊美。她在这个岗位上,一连要站三个小时,回答问者提出的各种问题,甚至对同一个问题,要重复回答上百遍。对她的这种不计报酬,助人为乐的精神,我充满敬意。特赋诗一首,纪念之。

52. 桃花吟

春风潜催次第春，会所东侧桃花新①。
桃花娇艳红烂漫，花落入泥果满林。

2017 年 4 月 1 日于时代庄园

注：
①时代庄园会所东侧，有一大片桃树。每到开花季节，姹紫嫣红，美不胜收。吟诗一首以记之。

53. 咏玉兰花

高雅洁白迎春光，群芳之魁袭窗香①。
多情不改年年色，花开富贵呈吉祥。

2017 年 4 月 4 日于时代庄园

注：
①时代庄园会所之正门东侧，有一大棵白玉兰树。每年初春，满树银花，花香四溢。特作此诗以抒怀之。

54. 海棠颂

时代庄园花满院,排排海棠绽笑脸①。
满眼娇艳遮不住,吟诗作赋海棠轩②。
国周居此发诗兴,映得夕阳添寿延。
西湖后海连倒影,讴歌海棠诗连篇。

2017年4月7日于时代庄园

注:

①时代庄园会所之西侧,业主老年活动中心之南,有一大片海棠林,有红海棠,也有白海棠,每到海棠花季,花团锦簇,美不胜收。作此诗以抒怀之。

②亦指在海棠林之旁的时代庄园业委会老年活动中心的墙上正中悬挂有启功大师的一帧墨宝,曰:能与诸贤齐品目,不将世故系情怀。还悬挂有我书的一幅拙作。清乾隆三十五年探花王文治名句,曰:人间岁月闲难得,天下知交老更亲。

55. 八一颂

南昌八一响枪声,惊雷滚滚战旗红[①]。
秋收举义齐奋勇,井冈会师历长征。
敢洒热血抗东瀛,岂顾头颅虑此生。
百万雄师占南京,盛世重在信永恒。

2017 年 4 月 18 日初稿
2017 年 6 月 9 日定稿

注:

①今年九月的三院书画展,以八一南昌起义九十周年和庆祝十九大召开为主题。为此创作诗《八一颂》。先练字,再写成四尺格式之作品,以参展之用。

56. 游北京后花园白虎涧

附记：今天时代庄园党总支姜书记组织社区党员和志愿者党日活动。上午到北京后花园白虎涧风景区，下午到中国航空博物馆。在航空博物馆之英雄广场上，面对胜利之火长明火炬，我给社区党员讲了以"不忘初心，牢记使命"为主题的二十分钟党课，获得广泛好评，有好几次被掌声打断。

白虎涧峰佛光耀，八八〇顶瞰鸟巢[①]。
明清三帝曾游此[②]，驻跸观日挥御毫。
乾隆贵妃梳浴照，镜子宫女忘带到。
弘历震怒石泉涌，碧潭如镜更艳娇。
十八潭峪世外桃，帝王轶事太奇巧。
后花园中添一景，美女镜前游客笑。

2017年5月23日初稿于时代庄园

注：
①白虎涧主峰高880米，人可攀至峰顶，据说在峰顶可鸟瞰到北京奥运会之鸟巢。
②据记载有明之朱棣，清之乾隆、慈禧曾到此观日。

57. 学书有感

学书赋诗自陶情，身心清净神气精①。
偶有一幅得意作，欣然入梦到天明。

2017年6月7日

注：
① 今天是我满79岁生日，回忆七年来的翰墨生活，特吟诗一首以纪念之。

58. 咏荷花①

身处浊泥水世家，出淤不染品堪佳。
夏风勉动满池叶，烈日难凋柯上葩。
有籽有丝莲连藕，无侈无欲居泥下。
荷色淡雅伴观音，不与群芳竞芳华。

2017年6月24日

注：
① 2017年6月24日上午回云岗，在六里桥北里转车时，先到莲花池公园观荷花。身心清净，静观半小时，写成《咏荷花》诗一首，以记之。

59. 浪淘沙·阅兵朱日和

大漠起烽烟，剑指蓝天。朱日和上红旗展①。习主席沙场阅兵，威震宇寰。

往事九十载，沧海桑田。南昌城头枪声响，中国革命开新篇，有了枪杆。

2017年7月30日

注：

① 2017年7月30日，习近平主席在朱日和陆军训练基地沙场阅兵，庆祝中国人民解放军建军九十周年，暨南昌八一起义九十周年。看电视直播后有感而发，填词一首，以抒情怀纪念之。

60. 状元考

群贤毕至临沂城①，书圣故里圆旧梦②。
重阳书画第十届，惠风和畅天朗清。
三百秀才老顽童，现场创作显真功。
颇有几分状元考，不争及第不争名③。

2017年9月24日于临沂

注：

①第十届中国重阳书画展临沂赛区于9月23日—9月26日举行，本次参赛现场创评共270人。本人创评证号223。

②从小对书圣王羲之极为崇拜，梦想能有一天到书圣故里拜一拜，这一旧梦终于实现了。

③本人获银奖，四评委平均86.5分。88.0分以上者可获金奖，还要努力哉。

61. 浪淘沙·瞻仰书圣故居

附记：今天下午参观书圣王羲之故居，不巧天下大雨，在秋雨中打伞前行参观，在快出园时天放晴了，更有一番情趣。填词一首，以记之。

大雨落琅琊，
秋风瑟瑟。
千里来瞻书圣居，
顶礼膜拜世系阁①，
砚池浩大。

石刻兰亭序，
毛体潇洒②。
群贤毕至齐默颂，
茂林修竹映彩霞，
娱信可乐。

2017年9月25日于临沂

注：
①收藏和展示王氏族谱和家训家规的殿堂。
②毛泽东当年书写的《兰亭序》全文刻在一块巨石上。

62. 欢庆十九大①

肩负使命主自强,胸怀大略有担当。
执政清廉惩贪腐,四个全面治国纲②。
大国外交在领航,技术强军立东方。
一带一路通全球,中华复兴展辉煌。

2017年10月18日于时代庄园

注:

①今天上午中国共产党十九大胜利召开,在时代庄园社区集体收看开幕式实况直播,即席有感而赋之。又在随后召开的社区座谈会上做了朗诵。

②系指全面建成小康社会,全面深化改革,全面依法治国,全面从严治党。

63. 浪淘沙·筑梦明天

附记：今日闻知孙昊已被公示出任三院三十五所所长，十分感之。她从一名设计员到研究员，经过工程组长、研究室副主任、主任，科技处副处长、处长，又至副所长之磨炼，在没有任何背景条件，全靠自己的不懈努力，赢得了群众和领导的信任实不容易。所长之重担更重，责任更大。家里人应该支持她干好工作，并关心她的身体健康，以利她集中精力干好工作，不负众望。吟诗记之。

丹鹤落云山①，钟情航天，鹰击导弹添英才。砥砺奋进开新篇，重任担肩。

二十七年前②，工大校园，欣昊同桌共理念。天道酬勤心牢记，筑梦明天。

2017 年 11 月 12 日于时代庄园

注：

①孙昊系黑龙江省齐齐哈尔市人，丹顶鹤之故乡也。云岗的雅称叫云山。在北山森林公园有一景名云山关。

② 1990 年 9 月考入哈尔滨工业大学计算机工程系，与任力欣同班同学，同桌也！

64. 白内障手术札记

老年白内障，年老自生长。
模糊重黑影，看物障视光。
电视字模糊，读报不识行。
写稿有困难，时感眼睛胀。
八秩出本书①，校稿要眼睛。
为了书出版，手术祛除病。
首眼摘罩查②，视力有波动。
摘罩第三日，忽见字清净。
信心成倍增，预约左眼睛③。
手术更顺利，双眼复光明。
出书有了眼，确保双成功。
八十愿望现，颐享天年情。

2017 年 12 月 1 日

注：
① 系指我的诗词选集拟到出版社正规出版。
② 2017 年 11 月 20 日，右眼是第一刀。
③ 2017 年 11 月 29 日，左眼是第二刀。

65. 我的昨天、今天和明天

附记：我们时代庄园社区合唱队，还有其他社区的老年文艺团体，在狗年春节之前的日子里，到附近的椿萱茂老年公寓进行了慰问演出。这座老年公寓就是一座五星级酒店，入门起价月收费一万元，据说全曾是司局级干部。它不是一般意义的养老院，它是宾馆。我们合唱队的八位朋友，身着印度尼西亚服装，表演印度尼西亚舞蹈《今宵多欢乐》，我与杨杰为伴。看着台下耄耋之年的老年朋友，满头银发，精神木然，我心中十分感叹。我想我也有我自己的昨天、今天和我自己的明天。吟诗记之。

    我在这里仿佛看到了他们，
      曾经的青葱年华，
      曾经的光辉岁月，
      曾经的人生高度，
      曾经的历史镌刻。

    我在这里也亲眼看见了他们，
      而今的古稀花甲，
      而今的退铅年华，
      而今的返璞归真，
      而今的残阳晚霞。

> 六十年时间空间，六十年初心不变，六十年思想记录，六十年永恒情感

这让我回忆起我，
　　昨天的生命激情，
　　昨天的力量勃发，
　　昨天的理想追求，
　　昨天的初心岁月。

这也让我更珍惜我，
　　今天的挥毫泼墨，
　　今天的赋诗唱歌，
　　今天的舞裙飞旋，
　　今天的阖家欢乐。

这也让我仿佛看到了我，
　　明天的风烛残年，
　　明天的无诗淡墨，
　　明天的清净时光，
　　明天的肉身真我。

　　　　　　　　2018年1月18日于时代庄园

66. 诗词创作六十年感怀

从 1958 年 8 月 28 日,在"求学清华大学途中回故乡过黄河大桥纪实"中哼出第一首诗,迄 2018 年 1 月 18 日,在北京时代庄园吟出了《我的昨天、今天和明天》。我在这六十年内,共创作了三百余首诗词。面对流逝的岁月,吾深深感怀曰:

    六十年时间空间,
    六十年初心不变;
    六十年思想记录,
    六十年永恒情感。

      2018 年 3 月 16 日于时代庄园

67. 一带一路颂

汉唐驼铃西域行,
玉门关外度春风。
丝路花雨琵琶舞,
文化贸易心连通。
一带一路筑繁荣①,
中亚欧非百姓梦。
沿线各国结友谊,
互利共赢命共同②。

2018 年 8 月 9 日于时代庄园

附记：本文是为参加三十一所举办的以"一带一路"为主题的书画展而创作的诗文。

注：
①纪念习近平主席提出的"一带一路"伟大倡议五周年。
②纪念习近平主席提出的"共建人类命运共同体"的伟大倡议。

68. 欢庆中国改革开放四十周年

绿水青山生态良,
神州处处着新装。
民族兴旺声飘远,
国运昌盛立东方。
中国之梦放光芒,
星移物换国富强。
改革开放四十年,
新时代迎新曙光①。

2018 年 8 月 10 日于时代庄园

附记:本文是为参加三十一所举办的以"中国改革开放四十周年"为主题的书画展而创作的诗文。

注:

① 习近平主席在中共十九大之报告题目是《决胜全面建成小康社会,夺取新时代中国特色社会主义伟大胜利》。

69. 任国周书法艺术简历——我的后半生

任国周，字淇奥，男，汉族，1938年6月生，河南省淇县高村乡罗鱼坡村人。中共党员。中国航天科工三院研究员，中国老年书画研究会会员，中国航天三院老年书画研究会会员，北京老年书画联谊会会员，北京市朝阳区来广营地区书法协会会员。

1945年春，七岁时在农村上私塾两年，聪慧好学，品学兼优，初学毛笔字，喜爱书法，书法天分初露锋芒，学童书法的拔尖者，经常受私塾先生罗福庆的夸奖。1947年春天，农村解放了，开始上农村小学三年级，不再写毛笔字。1952年夏以第三名优秀成绩于淇县三完小毕业（迁民村）。

1952年—1958年在湖北武汉二中读初高中毕业，校训"求真致远"，并荣获武汉二中好团员、团的好干部和优秀学生。文理均优，被保送入清华大学工程力学数学系热物理专业。

1958年—1964年在清华大学读书，校训"自强不息，厚德载物"。毕业论文成绩优秀。课余时间参加清华诗社活动，聆听北京大学王力教授诗词讲座，陶冶艺术情操，培养艺术底蕴，并开始诗词创作，亦步亦趋，渐入佳境。

1964年—2010年，在中国航天国防科研战线连续奋战四十六年（含连续返聘12年），历任型号主管设计师，研制成功三型导弹，威震碧海蓝天，列装海军；又任2008年北京奥运会珠峰火炬系统主设计师，完成北京奥运会珠峰火炬系统研制，实现奥运火炬珠峰传递的历史创举。荣获国防科工局、航天部、北京市人民政府科学技术奖六项，荣立个人一等功、二等功、三等功各一次，中共优秀党员。中央电视台特邀嘉宾，与主持人朱军畅谈奥运设计之艺术人生。

2010年4月，时年72岁，开始完全退休生活，重新提起毛笔，练习书法。"老牛自知夕阳晚，不用扬鞭自奋蹄。"发扬"一天等于二十年"之精神，每天练习四五个小时，临帖、读帖、研帖，苦练真书颜体多宝塔、汉隶史晨碑和王羲之的《兰亭序》《圣教序》。冬练三九、暑练三伏，潜心研习，从不停歇，临摹不止，渐学渐进，乐此不疲。经常到北京琉璃厂东街，观看名家挥毫泼墨，向书法家徐碧请教书法技法，书法水平获得有效提升。2013年和2014年两次到来广营地区文化站为居民书写春联。从2014年起，连续三年在来广营地区五月鲜花文化广场社区行和时代庄园社区春节联欢会上，在舞台乐队伴奏下现场挥毫泼墨，以榜书或行书，展示书法，给居民带来欢乐，获得广泛社会赞扬。

2013年8月，经韩德山先生推荐加入中国航天三院老年书画研究会和北京老年书画联谊会，会员。

2014年10月，申请加入北京市朝阳区来广营地区书法协会，会员。

2015年10月，经第八届中国重阳书画展（郑州赛区）组委会推荐，加入中国老年书画研究会，会员。

2017年10月，由中国北京六艺嘉韵书画艺术研究院授予院士。

从2013年开始，参加不同类型的笔会活动，参观各种不同主题的书画展，与名家交流，切磋技艺，书法艺术获得全面提升，日渐形成自己的风格，尤以真书为最，深得业内知名人士赏识。真书端庄大方，挥毫自然，泼墨成章，自撰自书，灵动隽秀，入木三分。

从2015年起，书法作品多次参加国内大型书画展，得到广泛好评，多次获奖，并向中国关心下一代工作委员会公益文化中心捐赠书法作品，关怀特困儿童。被多家单位和个人收藏。具体获奖情况如下（共十三次）：

- 2016年荣获航天三院三十一所书画展优秀奖。
- 2016年荣获航天三院书画展进步奖。
- 2015年荣获北京市朝阳区来广营地区纪念抗战胜利70周年书画展优秀奖。
- 2015年荣获第八届中国重阳书画展（郑州赛区）现场创评银奖，

作品入选《2015卷当代书画家名录》，第038页，组委会推荐加入中国老年书画研究会。

•2015年北京纪念中国人民抗战胜利70周年书画展，作品入选《中国当代书画名家艺术作品集》，第67页。

•2016年荣获第三届"六艺杯"中国北京国际书画名家交流展（国家会议中心）银奖，授"中华当代终身成就艺术家"荣誉称号，作品入选《中华当代书画珍品典藏》，第122页。

•2016年荣获香港纪念孙中山先生诞辰150周年书画大赛入围奖，作品入选《书画大赛作品集》，第362页。

•2017年荣获香港回归20周年暨第五届"金紫荆杯"书画名家国际交流展金奖，授"中华当代先锋人物"荣誉称号，中国北京六艺嘉韵书画艺术研究院院士，颁发书法作品权威润格证书。作品入选《盛世中国书画珍品典藏》，第127页。

•2016年和2017年两次代表北京时代庄园社区参加北京市朝阳区书画展，书法作品两次初评入围。

•2017年荣获第十届中国重阳书画展（临沂赛区）现场创评银奖，作品入选《2017年卷当代书画家名录》，第089页。

•2018年荣获"2018艺术中国·师生书画公益行·桂林交流展"金奖，并被授予爱心艺术家。

•2015年为"中华大家园"捐赠书法作品，关心特困儿童，荣获中国关心下一代工作委员会公益中心之感谢状（牌）。

•2018年荣获中共时代庄园社区嘉奖证书。

主要著作有：

① 《为祖国健康工作五十二年诗词选集》
② 《在与奥运为伴的日子里》刘兴洲院士纪念文集
③ 《任国周的自传——我的前半生》河南淇县史志文集
④ 《任国周的童年故事》河南淇县史志文集

2018年7月初稿

2018年11月25日于北京时代庄园审定

第八篇

附录

相关工作照片集

附录一　爱妻赵瑞湘生平简历

赵瑞湘，祖籍辽宁沈阳市，1943年11月8日生于湖南，2011年3月8日因病卒于北京，享年68岁。1948年（五岁）至1954年上海铁路小学就读，1954年至1957年上海铁路初中就读。后随父亲工作调动至甘肃省兰州铁路局。1957年至1960年7月兰州铁路一中高中就读。1960年9月至1964年7月，就读西北师范大学外语系俄语专业。

1964年8月至1973年7月，任甘肃天水市二中英语教师9年。1967年9月与任国周结婚，育有一子一女。1973年8月调入北京航天部四院四十五室工作11年，1984年5月调整到航天部三院三十一所工作，直至2001年1月退休。在航天科技信息研究岗位上，连续奋斗27年。1979年晋升工程师，1995年晋升高级工程师。荣立个人三等功一次，合作完成航天部管"航天与导弹推进技术研究的新进展与发展趋势"研究课题，荣获航天部科技进步二等奖。在1986年至1996年期间担任航天部第三专业信息网秘书（兼），荣获"航天部专业情报网优秀网务工作者"和"航天专业信息协会先进工作者"两项证书。1997年荣获三十一所之年度最高奖"动力奖"。

1992年至2000年9年中，连续9次担任俄语口译翻译，随航天三院科技代表团到俄罗斯，圆满完成任务，笔译俄文科技资料近百万字，为某项尖端技术引进做出了重要贡献。荣获××-10型号导弹武器系统研制方案阶段三等奖。与他人合作翻译出版有《环境物理学》（英文）和《铝及铝合金与其他金属的焊接》（俄文），两本科学技术专著。

任国周

2018年2月25日撰书于丰台云岗

六十年时间空间，六十年初心不变
六十年思想记录，六十年永恒情感

附录二 任国周的自传

——我的前半生

1. 淇奥乳汁哺育少年英才

淇奥是《诗经·国风·卫风》一章中的一首诗歌的标题，是写淇水东出太行而后奔流向南拐弯处的故事，奥通澳，水湾也。淇奥诗曰：瞻彼淇奥，绿竹猗猗。在古代，这里是人杰地灵，物华天宝，山清水秀，风景如画的地方。

1938年6月7日（农历五月初十），我出生在河南省淇县高村乡罗鱼坡村的一个农民家庭，祖父母任温、陈氏，育有两子，长子任太安，次子任长安。我的父亲任长安、母亲关氏厚道老实、勤劳朴实。慈父母育有四女二男，在我上面有大姐梅妞，二姐新妞，三姐九姐，四姐黑妮（12岁时不幸夭折），下面有一个弟弟。这是一个勤劳、厚道、善良、互爱的男耕女织的农民家庭。她们长大后，大姐国华嫁大石岗崔国庆，生一女二男；二姐嫁山北村宋家，生二男；三姐国英嫁迁民村张雨灿，生三女四男。

1945年春，父母亲为了使自己的长子认几个字，不再像自己那样是文盲，他们省吃俭用送我进了本村私塾。老师是罗福庆，开读《三字经》《百家姓》，一直读到《论语》（上论），我在这里学会了用毛笔写字。放学后就学干农活，帮父母亲劳动，拾柴、拾粪、割草、放牛等。

1947年春天，共产党解放了淇县高村乡，私塾停了。一开始局势不稳定，有一段拉锯战。先参加儿童团，在村头站岗放哨，送信，查路条。后在孙鱼坡的鱼坡小学读书。老师黄喜春，分语文、算术两门功课。语文读的是解放区的课本，算术开始学习加减乘除法。鱼坡小学是共产党办的，黄老师教育我们要热爱共产党。黄老师还教导我们要当学习模范和劳动模范。我小时候聪明好学，懂事早，心听父母之言和老师的教诲。中华人民共和国成立之前，乡里常举办小学生的考试比赛，有时还有几个乡的联考，我常常榜上头名，是学习模范，当时在乡里已小有名气。私塾和鱼坡小学的同学有任友民、元喜、段清平、任国堂、任国柱、李福生、任国明、罗玉庆、黄培礼等。

1949年9月，慈父母让我走出鱼坡，更上一层楼，到距我家十多里地的迁民村，淇县第三完全小学读三年级（下）。一开始住在姨母家里，她有两儿（在全、在德）一女（小妞）都在三完小读书。姨母待我很好，比待她的亲生儿女还好。我在六年级时住校，吃大锅饭，睡大通铺，挑灯夜战，博览群书，准备考初中。在三完小读书三年，我品学兼优。1952年7月毕业时成绩第三名，担任过班长、少先队中队长、大队委。当年对我影响最大的老师有李茂堂、杨育恩、薄弘济等，给我印象深刻的同班同学有岳武佐、岳智佐、张雨均、王学忠、纪东生、郭锡银、窦济富、郑国有等。

在整个小学期间，我曾受过多次奖励，但具体奖项已记不清楚了，也没有保存下具体的证据。

1952年7月，慈父母又想让我走出淇县。在我随同崔老太（大姐夫崔国庆之母）到湖北汉口看望大姐一家之机，见见世面，看看能不能考考中学，考不上再速回淇县上中学。当时恰逢武汉市初中公开招生，也不需要户口。我手持淇县第三完全小学毕业证（此毕业证原件现收藏在我手中），到武汉二中报了名，参加武汉全市统考。二十天后，《长江日报》登了录取名单红榜，我竟然被武汉二中录取了，且名列前茅（榜上排序第23名）。入学后我才知道，武汉二中本是湖北省重点中学。这样，本是中州大地学子的我就留在武汉上中学了。我在2008年4月写了《七十大寿故乡行感怀》：

就此离故土，走上求学路。
口音日改变，乡音变普通。
淇奥乳汁甜，永存灵魂中。
慈母乳汁蜜，融化血液中。

2. 武汉二中立志求真致远

1952年9月，我进入武汉二中上初中。当时实行男女分校。武汉二中是一所名校，武汉学子向往的地方。当年考入初中部新生十四个班，实行二部制上课，两个班共用一个教室，分上下午上课，到初二年级就是一部制了。我分在初一七班，学生都是当地的，只有我一个人操着浓浓的河南口音，班上学生年龄不齐，甚至有一个调干生，他叫邢锡旺，还是党员。那时候学生思想单纯，不排外，不欺生，也有个别同学常常口善地称我河南小老乡。初一上学期选班委和中队委都没有我的份儿。我暗下决心勤奋学习，尊敬老师，团结同学，以身作则。在初二上学期，我当选了学习委员，又经同班同学蓝宾鉴和叶子津介绍加入中国新民主主义青年团。我决心更严格要求自己，不断努力奋斗，把团的誓言永远记在心里。

1955年7月武汉二中初中毕业，报考本校高中。在全市统考中，我以武汉二中录取总分第三名考入本校高中部。高中八个班，我分在高一五班。这时我已会讲一口流利的汉口话。在高一上学期就选上了团支委，班主席（班长），并且每次改选都连选连任，直到毕业。我在同学中有一定威信，同学们都十分信任我，有什么心里话就愿意和我谈。彭繁季同学看到我的家庭学习条件太差，主动请我每天晚上到他家里学习。当时他家住的就是独栋别墅。后来我才知道他的父亲彭一湖是原国民党的高官，当时任中共中央中南局参事室主任。

在初中和高中，我都住在大姐家里，解放公园路马道口58号棚户区。在初中三年，崔国有（大姐夫之四弟）也在汉口铁中上初中，他在

1955年7月初中毕业后保送入南昌第一航空工业学校。当时我们七口人居住在面积不足18平方米的木板屋。1958年以后，大姐夫崔国庆逐渐由工人干部提拔为科长、处长，居住条件才逐渐改善，当然那是后话。

在高中阶段，我的学习成绩好，始终保持班上第一、二名，并且我的文理科都学得好。语文熊映滨老师希望我考北大中文系，数学汪锦云老师希望我报考清华，我的大姐夫崔国庆指导我坚定地学理工，最终我选择了清华大学。

在中学六年，大姐夫崔国庆是我的良师益友。他文化不高，只读过两年私塾，汉口车站扳道工人，他思想上要求进步，1952年入了党，1953年提了干，后来又提为科长、处长。他有长远眼光，心胸宽广，在不足18平方米的木板房里能容纳下两个兄弟读初中。他品德高尚，生活艰苦朴素，当时女儿秀清和两儿新民、新成都上小学，大姐无工作，他用46元月工资支撑着7口人的衣食住行，仍是那么乐观豁达。

在初中和高中，我都享有人民助学金。初一时丙等，每月4元，初二、初三时乙等，每月6元。高中时乙等，每月8元。从某种意义上讲，又是人民助学金培育了我，这也是我发奋学习的动力之一，以优异的学习成绩报答人民的养育之恩。

在武汉二中六年，曾受到多次奖励，荣获三项荣誉证书，我现在仍珍藏着。

1956年1月校团总支评我为"学习刻苦踏实，成绩优异，能积极提高思想，努力锻炼身体，热心完成一切任务的好团员"。

1956年11月校团总支评我为"善于支配时间，学习一贯优异，工作一贯积极的好干部"。

1957年5月武汉二中评我为优秀学生。

1958年7月我作为荆楚大地上的学子，武汉二中保送我免试进入清华大学。

武汉二中"求真致远"的校训，是我中学六年立志奋斗的目标，她一直在鞭策着我不断求真，只有求真才能致远。

半个世纪过去了，至今仍有同班同学金云龙、孙朝悌、黄忠强、王永安、郑克隆、彭繁季、张渝侯、方志豪、宗元福、吴杕仁、祝国桢、张海门等保持着较密切的联系。

3. 清华大学铸成厚德载物

1958年9月1日，我到清华大学报到，分到动力机械系410专业，本科学制6年。入学时60人，分为两个小班（410－41，410－42）。后来又整体调整到工程力学数学系，合成一个班，班号为力404，毕业时有46人。本系包括五个专业：流体力学、固体力学、计算数学、热物理和一般力学。我在热物理专业。在当时，这些专业都是保密的，它是为我国航空、航天事业培养高科技人才的。

入学后的第一堂课是听马约翰教授讲"体育运动之重要性"。马老号召我们要锻炼身体，这样才能"有劲儿"；要全面发展，这样才能"长寿"，成为一个健康的学问家，为社会多做贡献。他的高瞻远瞩使我们大受启发，终生受益。蒋南翔校长号召我们学生又红又专，从大学起为祖国健康工作五十年。

蒋南翔校长亲自给我们学生做报告，精辟地论述了什么是又红又专。专，就是要学好在校的每一门功课，包括理论和实践，并能运用这些知识去为人民服务。红，就是两个拥护一个服从——拥护党、拥护社会主义，服从大学毕业分配。

清华大学"自强不息，厚德载物"的校训，最高学府的优美环境，以及云集的名家大师，使我的大学生活丰富多彩。六年弹指一挥间，我选择了又红又专的道路，1962年12月经王梓林、李荫荣同学（调干生）介绍加入中国共产党。六年间，先后任班级团支部宣传委员、组织委员、副支部书记、系学生会年级总干事、系分团委安全组组长。把一切献给党，实现祖国的四个现代化成了我的理想与追求。

清华培养的学生功底较扎实，后劲足，这是有公论的。我自己感受，这与清华别具一格的学风有密切关系。

清华的学风与当时附近的"八大学院"不同。清华主张自我约束，自我管理，没有用更多的条条框框来限制学生。例如上晚自习，清华大学从不考勤，学生可以在教室、在图书馆，也可以在宿舍。清华大学教室都是灯火通明，图书馆座无虚席，宿舍也少有嬉笑声，但等到宿舍熄灯的铃声响后，方听到楼道里快跑的脚步声。能形成这样一种自觉的学习氛围，是学校的政治思想教育工作做得好，让学生树立起正确的世界观和人生观，理解未来应承担的时代责任，以珍惜党和人民提供的如此良好的学习条件和环境。

清华学生不死读书，源于清华有高造诣的教师队伍。给我印象最深的是讲授传热学的王补宣教授（中科院院士）和讲授燃烧学的周力行老师（留苏博士）。他们能深入浅出、启发性的导读，他们常常讲到如何读书的哲理时说，书会越读越薄。他们风趣而诚挚地讲解了这句话深刻的内涵，举一反三地说明，教会了我分析理解，融会贯通，勤于思考，善于归纳的学习方法。这使我受益一辈子。

清华学生知识面较广，适应性强，无论在什么岗位上，承担多么复杂的任务，都能很快适应新的工作环境，理出头绪，抓住"牛鼻子"，提出破解方案来。

清华学生爱好广泛，有多种社团活动培养学生在读书之余的多种爱好。正是清华文艺社诗社的诗词讲座助长了我的诗兴，并开始学习创作诗歌，使我思想活跃，生活充满朝气。

清华大学朴实的校风，潜移默化地影响着清华学生很少奢求虚表浮华，而更多注重内在厚重。在我们这一代身上反映出的忠诚、勤奋、执着、奉献的精神风貌，正是清华大学校训所铸成。

大学六年，有三年正值国家经济困难时期，粮食定量供应，标准降至最低，男生月33斤，女生月30斤。有的同学吃不饱，得了浮肿病。同学们团结互助，共渡难关。我寒暑假回河南老家农村，农民生活也十分困难，缺吃少穿。父母亲省吃俭用，把从自己口粮中省下来的一些农产品让我带回学校分给同学们吃。

1958年我上清华大学，国海弟考上鹤壁市一中上高中。对我父母亲来说是好事又是难事。难就难在经济困难，没有钱缴学费。我在清华大一至大三有每月14.5元的人民助学金（其中12.5元为伙食费，另2元为零花钱），大四至大六有每月16.5元的人民助学金。国海在鹤壁高中却都没有助学金，生活困难可想而知。父亲是公社饲养员，只有多劳动多挣工分，母亲年近六十岁，又是小脚，仍下公社农田劳动。当时乡村干部和农村许多人对我父母支持两个儿子上学，有许多赞扬声，但也有人对不叫两个儿子回乡参加公社劳动，投来不解的目光。1960年父亲当上了汤阴县劳模（当时淇县划归汤阴县），12月20日的汤阴县报上还登了他的照片和光荣事迹。1961年国海弟高中毕业，主动放弃高考在鹤壁市参加工作，从小学老师干起，艰苦奋斗，不懈努力，后升任鹤壁市无线电四厂常务副厂长。弟国海和弟媳青梅生育有两个女儿，并精心培养大女儿燕燕河南大学本科毕业，二女儿彬彬郑州中医学院硕士研究生毕业和博士生毕业。她们全在郑州工作，事业有成，家庭幸福。

大学最后一年（大六）做毕业设计。当时教研室主任周力行老师，把我和沈寿福、刘荣亮、张志华分到一个小组，指定我为毕业设计小组长，傅维镳老师担任指导老师。毕业设计单位在沈阳国防科委六院606所，毕业设计题目是米格—21飞机加力燃烧室燃油雾化粒度测试及理论研究（当时属保密课题）。学校对毕业设计要求非常严格，论文课题真刀真枪，理论分析、实验研究和数值计算都有明确要求。我们经过7个月（1963年11月—1964年5月）的团结奋斗，完成了试验件设计加工和雾化粒度测试。然后，傅老师给各人指定不同的论文题目，不同的俄文、英文文献资料目录，由各人独立完成。我的毕业论文在全班总评中获优秀成绩。

1964年7月的一个晚上，在北京工人体育场，敬爱的周恩来总理和彭真市长接见了我们64届毕业大学生，并发表了重要讲话。蒋南翔校长在清华大礼堂前的草坪上与我们应届毕业生照了合影。这样，我在清华大学毕业了。清华大学分配我到中国人民解放军炮兵科学技术研究院——总字140部队（地址沈阳）。

我在1964年元旦写给傅老师的信是我清华六年的感受之一，有诗曰：

傅老师：
>   是党，给了我们革命的动力，
>   　　革命的力量。
>   是您，给了我们革命的武器。
>   　　知识的力量。
>   十八年校园生活，
>   　　是人民把我们精心培养；
>   出人才的最后加工，
>   　　是您辛勤地精车细纺。
>   我们愿在党的领导下，
>   　　红透专深，
>   我们愿在您的指导下，
>   　　奋发图强。

4. 中国航天奋斗四十六年，三型导弹威震碧海蓝天
   科研试验荣记三度功册，中央电视展现艺术人生

这四十六年大体分为三个阶段：

（1）1964 年 9 月—1973 年 7 月，在航天二院 210 所工作九年

1964 年 9 月—1965 年 8 月先在沈阳炮兵科学技术研究院（总字 140 部队）报到入伍，进行入伍教育，学习部队条令和优良传统。集训结束后先到炮院警卫连，后到福建前线炮三师下连当兵。1965 年 6 月提前结束下连当兵，回到炮院总部具体分配到下属总字 146 部队（炮院六所）工作，参加 640 反导工程研制。

1965 年 8 月，按中央文件实行部院合并，炮兵科学技术研究院与五机部合并，集体转业，9 月 1 日脱下军装。总字 146 部队改制称五机部六所，并宣布带着科研任务同年 9 月集体搬迁三线甘肃省天水县二十里铺。后来又称国防科委 1101 所，兰字 813 部队。在 1970 年又集体搬迁到陕西省户县太平峪改称作航天二院 210 所，这个二院 210 所之所名一

直沿用到现在。总之，实质上是一个单位，只因上层体制的变来变去，才有多个名称。

在天水，我在第五研究室总体组，担任副组长。主要从事炮射式固体燃料冲压发动机的预先研究。这是一项全新的技术，航天专家钱学森倡导的项目。为了加强技术力量，他还把他的爱将——中科院力学所的一位副主任熊尚义副研究员调来天水担任五室主任。

天水大院地处大山沟，原来是马步芳部队的一座被服厂，石子路，土坯房，没有自来水，电也是临时的。生活条件之艰苦是可想而知的，更艰苦的是根本没有科研条件，把靠山的两排白墙灰瓦的土坯房，划成绝密科研区，没有科研设备，没有科研参考资料。地处大山沟，交通闭塞，搞尖端技术科研谈何容易。党号召我们白手起家艰苦创业。我在1965年9月27日有诗曰：

　　好儿女志在四方，怀祖国奋战边疆。
　　为革命披荆斩棘，搞科研不挑战场。
　　奔天水心乐志昂，吃大苦无限荣光。
　　新天水亲手开创，十年后硕果满仓。

我具体负责贫氧固体燃料配方设计及性能计算，固体燃料冲压发动机内弹道性能计算，炮射式整体固体燃料冲压发动机外弹道性能计算。那时国门紧闭，世界上许多先进技术（不管软硬件）对中国都是封锁的，特别是航天军工技术。为此，往往不得不废寝忘食地查阅资料，走访国内各知名高校与院所的专家教授，不得不在北京、上海、西安等地长期出差。从冻结流到平衡流，从探索基本的计算方法到提出系统的总体设计方案，从完成某一单技术状态的计算分析到实现整体炮射式固体燃料冲压发动机的内弹道性能及其外弹道的性能计算。一开始用手拉式计算尺计算，后来用手摇式计算机和电动计算机计算，最后到北京中科院计算技术研究所的大型自动计算机上反复计算与验证。历时两年多，最后形成多份专题技术报告，有力指导了贫氧固体燃料配方研制和炮射式整体固体燃料冲压发动机的总体方案设计。这项工作具有极大的开创性和创新性，受到领导的关注和广泛好评。

同时，在天水大院参加点火试验台的方案论证和初步设计，1968年在大院靠近山根处建成了小型点火试验台，并配合北航大型试验台，对固体燃料冲压发动机试验件进行了多次直连式试验和自由射流式的燃烧性能模拟试验。到1970年，炮射式整体固体燃料冲压发动机的预研取得了阶段性成果。

1971年8月，国防科工委发文中止固体燃料冲压发动机研制，科研人员航天部内调整。

1971年1月至12月，我在陕西省汉中洋县二院五七干校劳动一年。

1972年准备在航天部内调整工作单位，我在此间与尚英华、夏秀云、邱玉生合作，收集和翻译了多篇有关弹体底部燃烧及外燃推进与外燃控制技术方面的英文资料。

在天水，1967年3月初经同事张连馥介绍，我认识了天水市二中英语教师赵瑞湘。她是1964年西北师大外语系毕业分配天水工作，其父赵殿奎，兰州铁路局总工程师，母何嗣昭兰铁一小老师，妹赵瑞宁北京大学学生。高级知识分子家庭出身。经单位政审批准，同年"十一"举办集体婚礼与赵瑞湘同志结婚。婚礼上揭秘了"才知淑女在身边"和"麦积山下喜相逢"两段佳话。婚后互敬互爱，孝敬双方父母，瑞湘支持我给父母亲寄生活费，报答养育之恩。在人生长河中，共度时艰。生育一儿一女，严格教育，精心培养。儿子欣欣清华大学硕士研究生毕业，女儿荣荣北京首都经济贸易大学硕士研究生毕业。他们都已成家。儿子力欣与儿媳孙昊（中国科技大学硕士研究生毕业）生有一孙女玥。女儿力荣与女婿王哲（苏州科技大学毕业）生有一外孙女绎帆。他们均已到中年，已事业有成，仍在不同工作岗位上全力打拼，努力奋进。

1972年初，210所领导为了关心科技干部，防止在部内调整干部过程中出现新的两地分居，先将赵瑞湘同志调入所内，尔后和我同时在航天部内调整。1973年8月我和赵瑞湘同时接到航天部四院调令。赵瑞湘同志从此由教育战线转至航天科技战线上的科技情报资料工作。直至

2001年1月退休。

赵瑞湘同志先后在航天四院四十五室和航天三院三十一所的科技信息研究岗位上奋斗27年。1979年晋升工程师，1995年晋升高级工程师。荣立个人三等功一次。完成部管"航天与导弹推进技术研究的新进展与发展趋势"研究课题，荣获航天部科技进步二等奖。在1986年至1996年担任航天部第三专业信息网秘书（兼职）期间，荣获"航天部专业情报网优秀网务工作者"，在航天专业信息协会工作中做出突出贡献，还被授予协会先进工作者。1997年荣获三十一所年度最高奖"动力奖"。

在1992年至2000年九年中，赵瑞湘同志连续9次担任俄语口语翻译，随航天部三院科技代表团出访俄罗斯，圆满完成任务；并且翻译俄文科技资料近百万字，为某项尖端技术引进做出了重要贡献，荣获××—10型号导弹武器系统研制方案阶段三等奖。翻译出版了《环境物理学》（英文，与任国周合译，中国环境科学出版社出版）和《铝及铝合金与其他金属的焊接》（俄文，与王义衡合译，中国宇航出版社出版）两本科学技术专著。

（2）1973年8月—1984年4月，航天部四院四十五室工作十一年

1973年8月，按航天四院调令，我和赵瑞湘同时到北京航天四院四十五室报到工作。本研究室是按国防科委文件于1972年新组建成的。由中科院大连化物所的一个研究室，内蒙古四院四十一所的一个研究室和北京一院十一所的一个研究室，实现专业合并，将上述三个研究室人员全部集中到北京云岗，组建成立四院四十五室。凡内蒙古四十一所和大连化物所的人员，保留原地户口属性。当三线建设（西安蓝田县山区）条件具备后，再直接集体搬迁三线。四十五室的科研任务是高能推进剂及固液双组元火箭发动机研制，型号背景是JL二号顶级发动机。我属航天部调整调入人员，户口暂落内蒙古四院院直机关大院，分配在四十五室发动机设计试验大工程组，担任点火组组长，主要负责不同尺寸固液火箭发动机点火器设计试验、点火特性研究和试车台固液火箭发动机性能试验。

面对新单位、新任务，这时，我已35岁，人到中年。我想到我是

清华学子，决心开创新局面，干出科研新成果。我在 1973 年 8 月 5 日立言曰：

全室拧成一股绳，誓把固液干成功。
下定决心从头干，不枉清华走一程。

当时全室无论北京人、大连人、内蒙古人，团结奋斗，展开对高能推进剂，对点火器设计、喷注器设计、装药设计、隔板设计和喷管设计，以及发动机总体设计技术攻关，对直径为 120 毫米、240 毫米和 500 毫米的固液火箭发动机设计加工，总装测试。在一〇一站 5 号台进行了近两百次地面点火燃烧试验，攻克了炮式起动、震荡燃烧、燃烧效率低、残药量多等一系列关键技术问题，取得了一系列研究成果，非自燃固液火箭发动机燃烧稳定性的突破，荣获 1978 年全国科学大会奖。

我在 1979 年 5 月晋升为工程师。

正当初步具备上型号研制的关键时刻，迎来了国民经济大调整，科研经费大量压缩。1981 年航天部下文蓝田三线停建，四十五室全体人员落户北京，在北京部内调整分配工作。当时四十五室有近二百名京外集体户口，全体落户北京谈何容易。在国防科委主任张爱萍和航天部刘有光部长直接关心下，在国务院办公厅主任田纪云主持下，直到 1983 年才全体落户北京，历时二年有余。在此期间，全室科研人员积极开辟固液火箭新用途，进行试验。在民品开发方面，研制成功了彩晶灯，获航天部 1983 年度，民品展示会一等奖。

在此期间，我和赵瑞湘充分利用业余时间，合作翻译（英文版）出版了《环境物理学》一书（中国环境科学出版社出版）。我们又合作在中国宇航学会《航天》杂志（1983.N03，1983.N04，1984.N04，1985.N05）上连续发表航天科普论文六篇。

1984 年 4 月，我和赵瑞湘同志同时被调整分配到航天三院三十一所工作。我分在五室，赵瑞湘同志在科技情报资料室。

（3）1984 年 4 月—2010 年 4 月，在航天三院三十一所合计工作

二十六年

三十一所五室是固体火箭发动机型号设计研究室。又一次面对新单位、新任务，这时，我已46岁，早过不惑之年，思绪万千。我想到了清华大学"自强不息，厚德载物"的校训，决心艰苦奋斗，不懈努力，更上一层楼。我在1984年6月又一次立言曰：

漫漫坎坷人生路，四十不惑常提醒。
自强不息不气馁，厚德载物无怨声。
少说多干真心干，困难实干不为名。
决心干好十四年，技术职称上高工。

我此前在二一〇所和四十五室都是从事预研工作，有着思路开阔、理论扎实的优势，有计算分析能力和较高英语水平以及设计加工等多方面的经验。对于型号研究蓄势待发，如鱼得水，倍感责任重大。我在五室工作十八年，先后参加过××-8、××-8A、××02、××02K、××-83、××-12、××-10等七个型号巡航导弹固体火箭助推器研制。先后担任工程组副组长，历任××-8A、××02和××-83助推器型号主管设计师。在这些型号助推器的研制中，对总体设计、装药设计、喷管设计和保险机构设计坚持自主创新，着重解决了点火不正常、装药脱粘、鼓泡、烧穿、爆炸、解体、掉弹等关键故障的技术难题。开创性地研制成功整体模压玻璃钢喷管，装机、装弹飞行。对技术未知的问题，用实践、再认识、再实践，不断试验探索求得技术进步，直至发动机研制成功。有时为帮助总体设计解决推阻矛盾、弹体超重等问题，主动承担设计风险，修改发动机设计，从而采用新技术新材料新工艺，增加设计难度和风险，确保总体方案优化，服从全局需要，受到总体部和军方赞扬。

我在××-8A、××02和××-83三个型号助推器研制中，配合总体部在海军试验基地完成了设计定型飞行试验。送三个型号导弹威震碧海蓝天，三型导弹设计定型成功，量产，列装海军，为增强我国海军战力，实现国防现代化做出了三大贡献。

完成××-8A型导弹设计定型，中国海军列装，我荣立个人三等功，立功证书全文是"任国周同志近年来在完成国防科研生产为中心的各项任务中成绩显著，特荣记三等功"。××-8A导弹助推器研制，荣获航天部科技进步三等奖。

完成××02型导弹设计定型，军贸出口创收外汇。××02导弹助推器研制，荣获航天部科技进步三等奖。在1996年和2001年，我作为中国专家两度出国讲学，培训外国专家，为祖国赢得荣誉。

××-83导弹以六发六中的优异成绩，完成××-83型导弹设计定型量产，中国海军列装，我荣立个人二等功，航天三院之立功证书全文是"任国周同志在××-83型号定型飞行试验中成绩显著，荣记二等功"。××-83型导弹助推器研制荣获国防科工局授予的国防科学技术奖三等奖和奖章。

我在型号研制过程中，开创性地提出了两项边缘性预研课题，在航天部立题成功，并按时完成。经过专家会议鉴定两项成果均达到国际领先水平。"标准发动机与（－2）助推器燃速相关性研究课题"，荣获航天部科技进步二等奖。"××八号导弹助推器储存试验研究课题"荣获航天部科技进步二等奖。

1988年10月，我从事国防科研事业二十五周年，为国防现代化做出了贡献。国防科工委颁给我"献身国防科技事业"荣誉证章和证书，以资鼓励。

1992年晋升为高级工程师。

1997年晋升为研究员。

1998年2月，三十一所党委授予我优秀党员荣誉证书。

1998年7月办理退休手续，又在研究员专业技术岗位上连续返聘工作十二年。

执行"9911"任务，中央军委首长亲临某海军基地，观看海军联合实弹演习。三院设计团队承担技术保障任务，我是成员之一。"9911"任务圆满完成，三院设计团队的技术保障工作受到中央军委首长好评。

2002年初，三十一所人教处长王宏民称我既懂燃烧理论，又有型号设计经验，调我到二室，参加某型8号支承性课题固液冲压发动机型号预研。在总体组由我负责固液冲压发动机总体设计，我提出了用塞入式助推器取代共用式燃烧室设计方案；负责指导年轻人的发动机设计，举办设计讲课，旨在培养年轻人的设计能力，并由我负责带有固体燃气发生器的××-102液体冲压发动机地空全程400秒性能试验和地地全程600秒性能试验。这两项试验是××-102预研多年的总结试验，更是预研课题的验收试验，意义重大，责任重大。我负责指导发动机总图设计，亲自编写总装验收技术条件，参加试验件加工验收，参加新型进气道和可调喉道装置性能测试，参加固体燃气发生器和喷管出口压力高空模拟试验，并参加部分试验台架的设计，在2004年按期成功完成了这两项地面点火全程性能试验任务，得到空军和航天二院总体设计部的高度重视和认可。对某型8号在2005年的国家立项成功做出了重要贡献。室主任凌文辉当面对我说，8号立项成功，任老师功不可没。

后来我又参加高空型高超声速冲压发动机的预先研究，在结构组参加总体结构设计，并指导年轻人结构设计，由我负责审核设计图样，在技术上把关，完成了高超声速飞行器首飞演示发动机样机的整套图样审核。

在国防科研战线上，必须保守国家秘密，对祖国无限忠诚，对祖国无私奉献。科研成果内容是保密的，科研成绩一般不允许宣传报道。好在我在晚年遇上了百年不遇的2008年北京第29届奥运会。2006年1月，受北京奥组委的委托，中国航天科工集团公司成立了以刘兴洲院士（中国工程院院士）为总设计师，薛利副总经理为总指挥的奥运火炬设计团队，为北京奥运会自主研发了新颖、独特、能够充分展示中华民族悠久历史和五千年文化底蕴的高科技含量的奥运系列祥云地面火炬、珠峰火炬系统和鸟巢主火炬。我是奥运火炬设计团队中主要成员之一。分工负责珠峰火炬系统总体设计和珠峰火种灯主设计，参加航天科工集团鸟巢主火炬立题报告评审，并对这个以年轻人为主体的15人设计团队中的年轻人进行传帮带，在设计上把关。珠峰火炬系统包含有珠峰火炬、珠峰火种灯、引火器、高原火种灯和高原圣火台五大系列产品，以及地面火炬燃烧系统研制。

从 2006 年 1 月起，历时两年多，经过多方论证，多方案创新设计和试验，新建了强风低压试验舱，改建了二号台高空模拟试验仓，对珠峰环境条件实现全模拟。特别又两次到西藏珠峰大本营实地测试，又到黑龙江漠河低温测试，在怀柔登山基地培训中国登山队珠峰传递火炬手，克服了珠峰地区大风、低温、低压、缺氧等一个又一个困难，终于研制成功，按时向北京奥组委交出了首批合格的祥云火炬产品，现存瑞士洛桑奥运博物馆。

2008 年 3 月 24 日起祥云地面火炬在五大洲激情传递，5 月 8 日珠峰火炬让奥运圣火第一次在世界之巅海拔 8844.43 米的珠穆朗玛峰上熊熊燃烧，兑现了中国对国际社会的庄严承诺，8 月 8 日鸟巢主火炬顺利点燃，火焰形态壮观飘逸，将奥运会开幕式的热烈气氛推向最高潮。五千年的中国灿烂文明与现代航天高科技相结合的奥运系列火炬成为奥运史上的经典之作。在奥林匹克运动的史册上写下了浓重的一笔。航天高科技为"科技奥运、绿色奥运、人文奥运"做出了重要贡献。

2008 年 7 月，奥运火炬设计团队荣获国家先进集体荣誉奖。我荣立个人一等功，航天三院之立功证书全文是："任国周同志在奥运火炬燃烧系统研制及技术保障工作中，成绩显著，荣记个人一等功"。珠峰火炬系统科研成果荣获 2008 年北京市人民政府科学技术奖二等奖。我在祥云地面火炬燃烧系统设计中拥有一项实用新型国家专利，在珠峰火种灯设计中拥有一项发明国家专利。

《中国航天报》和中央电视台等多家媒体对奥运火炬设计团队进行了多次全方位报道。在《中国航天报》2008 年 5 月 9 日第 5 版专题报导中，火炬项目副总设计师邵文清（二室副主任）感慨地对记者说："整个火炬系统，珠峰火种灯是研制历程最为坎坷的一项，整个队伍中，任老师是功劳最大的一位！"他还在 2007 年 12 月三十一所所庆 50 周年纪念文集中写道："任国周研究员，火炬项目主要成员之一，珠峰火种灯主要设计人员。珠峰火炬项目重大贡献者。任老师工程经验丰富，工作积极认真，不辞辛苦，豁达开朗，乐于助人，对火炬研发团队的年轻同志起到了很好的传帮带作用。虽为返聘专家，工作上却能够积极主动地出谋划策，设计、跟产、试验，想到前头做到前头，在整个火炬项目攻关过程中给我的帮助最大，使我受益匪浅。在他的精心指导下，也使火炬团队其他未搞过型号工作的年轻同志得到了很好的锻炼，丰富了业务知识，积累了工程经验，对他们后面的工作起到了很好的引导作用。"

在 2008 年 7 月 12 日，我作为特邀嘉宾之一出席 CCTV-3 由朱军主持的"艺术人生·设计奥运"专题节目，向全国人民展现了北京奥运会祥云火炬设计团队和航天人的风采。

2009 年 5 月 8 日是珠峰火炬登顶一周年纪念日。火炬项目总设计师刘兴洲院士在办公室将其亲笔写成的长诗《珠峰火炬颂》赠给我，并深情地回忆说："在火炬设计团队中如果没有你的参加，可能将会走更多的弯路，是否能按时完成任务，当时我心有疑虑。好在我们团结奋斗，克服了各种困难，按时圆满地完成了任务。航天科工集团领导和北京奥组委领导都非常满意。"

2009 年 9 月 14 日，我和北京科技大学洪华教授、郑教授做客网易广州第十一届亚运会官方网站的亚运会客厅。主持人晓艾主持我们"潮流"火炬设计团队与清华大学"进取"火炬设计团队在网上进行视频角逐，争取网民投票，至 10 月 10 日网上投票截止，"潮流"火炬得票 90089 张（占 70%)，"进取"火炬得票 36864（占 30%)，我们"潮流"火炬设计团队胜出。

2010 年 4 月，我 72 岁生日前，爱妻瑞湘确诊身患重病，并于 2011 年 3 月 8 日不幸逝世，享年 68 岁。由此开始，我完全离开工作岗位，总之合起来，我在航天科技战线上连续奋斗 46 年。

5. 航天科技荣获六项成果，国家专利拥有两项授权

在航天科研一线上，我刻苦钻研，积极推进科技创新，有多项研究成果达到国际先进水平，对国防现代化建设做出了突出贡献。我荣获六项部委市级科技进步奖，一项国家发明专利和一项实用新型专利，具体

名称如下：

• 标准发动机与（－2）助推器燃速相关性

1989年12月，航空航天工业部授予部级科学技术进步奖 二等，证书号（尚未制定编号）

• ××-8甲导弹（－2A）助推器研制

1992年12月，航空航天工业部授予部级科学技术进步奖 三等，证书号92B3138

• ××02导弹（－6）助推器研制

1992年12月，航空航天工业部授予部级科学技术进步奖 三等，证书号92B3134

• ××八号导弹助推器贮存试验研究

1995年12月，航天工业总公司授予科学技术进步奖 二等，证书号95B2107

• ××-83型导弹（－6A）助推器研制

2001年12月，国防科工局授予国防科学技术奖 三等和奖章，证书号 2001GFJ3173-1

• 北京2008奥运会珠峰火炬系统研制

2009年12月，北京市人民政府授予北京市科学技术奖 二等，证书号 2008I-2-001-05

• 一种适用于高原火源携带装置

国家专利局批准国家发明专利号 ZL200710117979.0

• 一种可拆卸常闭阀门

国家专利局批准国家新型实用专利号 ZL200720140474.1

6. 核心期刊发表论文九篇

我在职期间，善于分析，勤于笔耕，在《推进技术》《战术导弹技术》《上海航天》《固体火箭技术》《航天工艺》等国家科技核心期刊上发表科研之专业技术论文九篇，具体名称如下：

（1）固体火箭发动机燃速相关性研究

《推进技术》1989. No. 3

（2）固体火箭发动机结构可靠性计算方法分析

《推进技术》1995. No. 1

（3）固体火箭发动机性能贮存可靠性

《战术导弹技术》1995. No. 3

（4）高燃速推进剂中苯乙烯残留量对发动机燃速的影响

《上海航天》1995. No. 4

（5）固体火箭发动机装药寿命预示方法试验研究

《推进技术》1996. No. 2

（6）多种复合材料缠绕模压喷管工艺技术

《航天工艺》1996. No. 4

（7）非自燃推进剂固液火箭发动机点火特性试验研究

《固体火箭技术》1997. No. 2

（8）××八号助推器贮存期试验分析

《导弹贮存文集》航天工业总公司编，1993年，北京

（9）高能点火器燃气流烧穿组合导管造成两发导弹飞行试验失败

《故障启示录》航天工业总公司编，1994年，北京

7. 主要著作

任国周、赵瑞湘译，《环境物理学》，中国环境科学出版社，1988年。
任国周著，《为祖国健康工作五十二年诗词选集》，内部出版，2011年。
《导弹贮存文集》作者之一，航天工业总公司编，内部出版，1993年。
《故障启示录》作者之一，航天工业总公司编，内部出版，1994年。

8. 我的前半生自述清鉴

2011年12月1日，我写了下面的十二句话，概括了我的前半生，请教正之。

  淇奥乳汁哺育少年英才，
  武汉二中立志求真致远。

清华大学铸成厚德载物，
中国航天奋斗四十六年。
国防科研做出三大贡献，
三型导弹威震碧海蓝天。
航天科技荣获六项成果，
科研试验荣记三度功册。
核心期刊发表论文九篇，
国家专利拥有两项授权。
北京奥运传递圣火珠峰，
中央电视展现艺术人生。

9. 我的后半生正在继续

2010年4月正式退休在家，先是精心照顾爱妻瑞湘，陪她度过余生，直至她乘鹤西行。尔后我平复殇痛，开始完全退休生活。唐代白居易诗曰：

老自退闲非世弃
贫蒙强健是天怜

我现在第一要务是休闲，接送小孙女上下学。天天锻炼身体，天天练习书法，天天买菜做饭。天天看点电视，天天听听京剧、豫剧。偶尔会会老同学老朋友老乡亲，也偶尔受原单位领导之邀再干点公益的事，例如2011年11月中国空军在北京昌平的中国航空博物馆新建成的胜利之光长明火炬（如莫斯科红场上的那样），就是航天三十一所邀请我担任副总设计师，对设计方案评审，技术上把关。后又被中国航空博物馆邀请担任该项目验收及鉴定委员会主任。

面对前半生之过去，我有感悟曰：

黄金非宝书为宝，万世皆空德不空。

面对后半生之未来，我有感悟曰：

为社会而生来，为社会而归去，乃自然规律也。

任国周

2012 年 4 月 26 日于北京时代庄园

2018 年 2 月 25 日审定于北京时代庄园

附录三　任国周童年的几个故事

我是1938年生人,用咱老家的计龄方法,已是八十岁的老人了。每当回忆起童年,对父母的感恩之情,常常不由自主地涌上心头。

我是淇县高村乡罗鱼坡村人。我的父亲任讳长安,母亲关氏讳二妮,县城关朝歌镇北上关人。他们都是忠厚勤劳不识字的农民,也都是1900年生人。我上有四个姐姐,下有一个弟弟,我们姐弟共六人。

一、我的名字的故事

我是在7岁时进入罗鱼坡村私塾学堂的。我清楚地记得那是1945年春节刚过,母亲给我穿上亲手缝制的黑粗布棉袄和新棉鞋,戴上父亲在庙会上买的红顶瓜皮帽,我双手捧着一本《百家姓》,父亲牵着我的手,小心地进入罗老焕大院中的一幢西屋,这里就是罗鱼坡村私塾学堂。老师罗福庆端坐在房子正中的桌子旁。父亲叫我跪下,向老师磕了一个头,又把那本《百家姓》恭敬地双手摆在罗老师的面前桌子上说,"给我儿子起个大名吧,我们姓任,他的辈分是国字辈的。"罗先生沉思片刻,提起毛笔在那本《百家姓》的封面上写下"任国週"三个字。这个名字中的"週"字,我一直用到淇县三完小(迁民村)四年级。在这里五年级开始上地理课,我才知道世界上有亚细亚洲和欧罗巴洲,在一个洲里有许多个国家。全世界共有五大洲。我对那个洲字特别感兴趣,因为洲比国大,我就自己把名字中的那个"週"字改写成了"洲"字,在淇县三完小的毕业证上就是"任国洲"这个名字。一直用到武汉二中入学通知书和初中二年级。到了初三,有一次我一个人到长江边上散步(从住家到长江边不足一公里),望着滚滚长江东去,浪淘尽千古风流人物,突然想起了长江的发源地,联想起了私塾学堂罗老师给我写那个名字时沉思的那一刻,可能有更深层的意义。我开始思念改变我目不识丁的那一刻,更思念"任国週"忽然跃现《百家姓》书皮上成名的那一刻,在心中荡漾起对初名的一种敬畏和谢意。

后来实行文字改革,把"週"字简化用"周"字。

从初三起到武汉二中高中部入学,到清华大学,一直到今天我都用"任国周"这个名字。我对这个周字的敬畏和尊重之谜,是到1971年在陕西洋县五七干校解开的。那时,我和一位名叫朱国樑的老干部住在一间房里,他地主家庭出身,乡村秀才,人们都称他诸葛亮。有一天他半开玩笑地对我说,你那名字的野心不小啊!我说你有什么根据?他说古人云国周,国周,一国之周,把镇守边关当己任,莫非将才也!说来也巧,1958年我到清华大学攻读工程力学数学系热物理专业,大学毕业后分配到中国人民解放军总字140部队,先到福建前线军委炮兵三师十二团三营九连,下连当兵一年。后在炮兵科学技术研究院、五机部和航天部,在国防科研战线连续奋斗46年,完成三型导弹设计定型和量产,列装海军;设计2008年北京奥运会火炬登上珠峰,三次立功,六次获奖,铸成固体火箭专家研究员,中共优秀党员,巧合了启蒙老师和父母亲对我的殷切期盼吧!

二、父母亲教我孝字当先,代代相传

在我们家的传统家风里,孝字当先。孝者,善事父母为孝,百善孝为先。故圣人云:孝者,德之基,人格之始也。扬名显亲,孝之至也。父母亲从小就教育我们要孝敬老人,向我们讲述他们孝敬老人的故事。母亲常说,她的婆婆(我的奶奶)活了81岁,人老了,糊涂了,常把马路边的牛粪、驴粪装在口袋里带回家来。母亲不嫌弃婆婆,二话不说,马上给她换上干净的衣服。

在1935年春天，在父母亲35岁时，母亲生下第四个女儿黑妮，也恰在此后不久，大爷大娘（即伯父伯母）家里喜得贵子，生下一个男孩（后起大名任国堂）。这是爷爷的两个儿子家中的唯一男丁。但是，当时家庭贫穷，青黄不接，缺吃少穿，大娘（伯母）身体不好，长时间没有奶水。爷爷看在眼上，急在心里。那时，母亲主动到南院大娘家，让国堂和黑妮各吃一个奶。就这样，一直吃到两岁断奶，即母亲又怀上我时才停止。国堂和我们六个姐弟相处非常好，亲如一家人。国堂念念不忘乳汁救命之恩，一直和我们姐弟六人一样喊"妈妈"。在当时不孝有三，无后为大的旧社会，母亲孝字当先，在关键时刻安慰了爷爷急痛孙子之心。无私奉献，大爱无疆，一位多么伟大的母亲啊！

我的父亲年寿85岁，在晚年时，一夜起夜多次，一年四季常常把夜壶放进床头手边。在鹤壁我兄弟国海家长住时，国海常常用开水烫洗夜壶，修剪脚指甲；在北京我这里住的四年（1978—1982）里，我也常常用开水烫洗夜壶，修剪脚指甲。父亲爱吃红烧肉，那时我们还没有北京户口，也没有副食本。一到星期天，我早早地起床，骑上自行车，到二十里外的良乡的一个农贸市场买肉。那时候到良乡全是农村土路，有些地方还得推着走。买回来就炖红烧肉，看到父亲吃得香，我心里特别高兴。我的儿子欣欣看在眼里，记在心上。

我现在快八十岁了，虽然身体硬朗，生活自理有余，但儿子每年在我生日那天一定给我洗脚，唱生日快乐歌。孙女玥玥看见了，记在心上，每天早晨第一次看见，一定问"爷爷好"，晚上睡觉前一定进屋来祝"爷爷晚安！"有一次她到美国参加中学生交流活动，回来时还特意给我带了一件精美小礼品送给我。

父母亲常说，人都有生老病死的那一天，也都指望在病老时得到子女的帮助。我深深体会到，父母亲一把屎一把尿地把孩子拉扯大，实在不容易，实乃不养儿不知父母恩！尊老爱老真正是人生美德。2016年6月我曾赋诗一首《一个孝字大于天》，后来又在社区重阳节联欢会上朗诵，表达对父母亲的深切思念，获得热烈掌声。

一个孝字大于天

天高地厚父母恩，千言万语心连心。
父母在时家就在，老人安康儿欢欣。
中华美德血脉传，坚持孝道国安泰。
一个孝字大于天，世代相传永不衰。

三、父母亲教育我学会礼让，吃亏人常在

　　在我们家风里，提倡礼让，学会吃亏。父母亲常教育四个姐姐要礼让两个弟弟，家里有了什么好吃的，要先让两个弟弟吃。同时又要求我们兄弟要尊重姐姐，听姐姐的话，对六个子女实行男女平等。我们姐弟六人相处得非常好，大姐特别疼爱我，她上花轿前，还要抱抱我。我们的家风在当时的罗鱼坡是出名的好。

　　在和街坊邻里及本家自己的孩子们相处中，父母亲也教育我们面对利益要谦让，要礼让别人，要学会吃亏，吃亏人常在。我非常清楚地记得，有一年秋天，在三秋大忙季节，割草喂牛、放牛是男孩子们的主要任务。我们男孩子们，常常结伴成群的手提镰刀，肩背箩筐，赶上牛，到西北岭、北大岗、东铁路沟，甚至远到高村西地，割草放牛；有时还隔着铁路与大石岗的男孩子们，拼响鞭。岗岭上的野草分布是不均匀的，有好差之分；草的品种也不一样，有牛爱吃的和不爱吃的之分。有的人比较霸道，常用镰刀在草地上画圈占地，那个圈里的草就是他的，不准别人进去割。

　　有一次，有一片好草地，本来是我先发现的，但被一个比我大两岁的人抢先画圈占去了。当时我不敢说什么，而是忍了一下。回家后我对父母亲哭着说了这件事。父母亲却没有骂那个孩子，也没有说那个孩子多坏，而是夸奖我做得对，并说吃亏人常在。

　　在后来的人生中，我常把父母亲说的吃亏人常在当作自己的座右铭，这使我逐渐养成了一种中庸的性格，并且最终明白了这原本是清代

大思想家郑板桥的一段至理名言：吃亏是福。满者损之机，亏者盈之渐。损于己则利于彼，外得人情之平，内得我心之安，继平且安。福即是矣。

四、父亲教我磨镰刀，功到自然成

在我们家里，父母亲常常教育我们要能吃苦，克服困难，坚持到底。那是1951年夏天，当时正是农村互助组阶段。我十三四岁了，已是一个半劳动力了。已学会干多项农活了，例如锄地、犁地、耙地、割麦子、收玉米、摘棉花等。到麦收时，哪家的麦子先熟，就集中劳力先割哪家的。有一天，父亲带我到庙口庙会上买了十把新镰刀。新镰刀都是未开刃的，用手摸一下刀口都是钝钝的。父亲对我说，在麦收前，要把这十把新镰刀先开出刃，再磨快，到那时镰刀快了，麦子就割得快，麦收就是龙口夺粮。

如何给镰刀开刃，要怎样把镰刀刃磨快呢？我不十分清楚。那时父亲就手把手地教我。先在粗磨刀石上开刃，后在细磨刀石上磨快，并且在磨的过程中，要常往刃口上滴一些水。我一开始就问，铁比石头硬，铁镰刀头怎么能在石头上磨出刃呢？又说这样多难呀，要多长时间才能磨出锋利的刀刃呀！父亲说他也不懂这个道理。只知道古话说，只要功夫深，铁杵也能磨成针。这个针就是在磨刀石上磨出来的。在父亲的指导下，我用了两天时间，终于磨成了十把锋利的新镰刀。虽然在磨刀过程中因为操作失误，把手指划了几个小口子，流了几滴血，但终于成功了，心里特别高兴。

通过这件事，我明白了磨刀不误砍柴工，功到自然成的道理，懂得了不吃苦中苦难得甜中甜的人生哲理。这件小事，对我的人生影响很大，培养了我的坚毅品格，无论干什么事，都要下苦功夫。正如叶剑英元帅诗曰：

攻城不怕坚，攻书莫畏难。
科学有险阻，苦战能过关。

五、父母亲教育我们讲诚信，做老实人

讲诚信，做老实人，是我们家的传统家风。

我记得有一次，大约是1948年春天。那时鱼坡的私塾学堂散了，新的农村小学还没有成立起来，村里的闲散儿童比较多，他们干什么的都有。例如，有到野地里挖野菜的，有背上箩筐到处捡拾牛粪的，也有领着自家养的狗到荒岭上捉野兔的，也有爬上树掏鸟蛋的，总之干什么的都有。有一天，我和国海弟与其他两家的孩子们到西沟里放牛，父亲还叫我俩带上箩筐，边放牛边拾牛粪。

那时的西沟很荒凉，除野草外，还生长有许多野酸枣树丛，牛啃草去了，我们几个伙伴就到野酸枣树丛里摘酸枣吃。后来，有一个伙伴说咱们点篝火玩吧，另有一个伙伴说，没有火柴咋点篝火呀？这时国海弟小声说，我有火柴，并拍了拍自己的口袋。那个大伙伴不等说什么，立刻从国海口袋里掏出火柴，迅速把篝火点着了。大家很高兴，又拍手又叫好，我却把捡牛粪的事忘得一干二净了。那时，我们不知道春天风大物燥。篝火越烧越旺，很快就把旁边的一片野酸枣丛点燃了，火上树了！在南边不远的地方，就有一个堆满干草的场院。

这时，在井上担水的人（罗清泉）看见了，马上扔下水桶，跑过来就把火灭了，并问这是谁干的。那个抢火柴点火的大伙伴不敢说是他干的，并只说是国海弟带的火柴。

这件事，父母亲很快知道了。我们兄弟俩回到家，父亲二话没说，脱下自己脚上的鞋，朝国海的屁股上打了下去，并叫国海跪在祖先牌位前。我俩都跪下了。国海哭着说，我错了，我改。父亲再问怎么回事，我如实地说了，并说主要怪我，没有帮国海阻止那个大伙伴掏口袋抢火柴。父亲听到我们俩说的都是实话，没有撒谎，也没有推给别人。父亲的气消了许多，又问我牛粪捡了没有。我回答说没有，忘了。这时父亲

也没有打我们,而是十分严肃地沉思了一会儿,并换了口气说:"常言道,种地不上粪,等于瞎胡混。今后凡是大人叫你们干的事,你们也答应了干的事,一定要做到并且要干好。"接着,父亲叫我俩站起来,并领着我们到厨房,指着风箱上在过年时贴上的那条红的"小心火烛"的春联,对我俩进行了水火不留情的教育,并说这是老祖宗留下的规矩。

何谓信,信者,人言也。在古代文化欠发达的情况下,经验和技能及优良家风全靠言传身教。

父母亲对我们姐弟六人言传身教,要求十分严格,实事求是,不扩大,不缩小,我们常把讲诚信,说老实话,做老实人牢记在心里。

六、父母亲教育我要刻苦读书,人过留名,雁过留声

根据淇县鱼坡一支任氏族谱记载,在鱼坡这一支任氏族谱的前三代中,几乎没有读书识字的;到了第四代的安字辈中,才有读书识字的人,任秀安、任泰安,都上过几个月的私塾,他们会认会写一些字;只有到了第五代国字辈中才开始读书成风,培养出两名大学本科毕业生,我就是其中的一个;到了第六代有(玉、力)字辈,读书已经成为任氏家族家风,培养出了本科生三名、硕士生两名、博士生一名。我的母亲是淇县城关北上关人。家族中有读书人,特别是他大哥关成汉(我的大舅)高中文化。在城关文化和家庭熏陶下,我母亲见多识广,记性好。我母亲会讲许多古代故事,并常讲给我们姐弟听。例如孔融让梨的故事,岳母刺字的故事,牛郎织女的故事,包公铡陈世美的故事,悬梁刺股的故事,孙膑和庞涓的故事等。

母亲通过讲故事,教育我要认真读书,刻苦读书;要珍惜时间,抓住机会,一寸光阴一寸金,寸金难买寸光阴。叮嘱我要吃苦耐劳,不吃苦中苦,难做人上人。要人过留名,雁过留声。希望我能像岳飞那样精忠报国,名扬天下,光宗耀祖。

在小学阶段，无论读私塾，还是就读本村小学和迁民淇县第三完全小学，我的学习动力就是为父母亲争光，光宗耀祖。我加入了少先队，当上中队长，学习成绩永远在前三名，大家齐称我为鱼坡秀才。

1952年夏天，淇县第三完全小学毕业，一个偶然机会我到了武汉大姐家。大姐夫崔国庆在汉口火车站工作。他眼界开阔，让我参加武汉市初中招生统考，在武汉二中初中部录取七百名新生榜示中，我排在第23名。班上同学大部分是武汉市城里人，他们笑我是小河南老乡。我身穿一身土布衣，光脚穿着母亲做的黑布鞋，说着一口河南土音。我发奋读书，为父母亲争光，为河南家乡争气。在这三年时间里，初一学会一口流利的武汉话，与同学和睦相处，初二加入青年团，学习成绩名列前茅，并被选上班委学习委员，称我是河南秀才。在武汉二中高中部录取360名新生榜示上，我以第三名考入武汉二中高中部。武汉二中是湖北省重点中学，武汉名校。

1955年秋进入高中阶段，意气风发，斗志昂扬。高中一分班，我被选上班长，团支部委员，三年连选连任。《钢铁是怎样炼成的》这本书，深深打动了我的灵魂，下面这一段警句深深印在我脑海里，我的人生观得到升华。

人生最宝贵的是生命，生命属于人只有一次。一个人的生命应当这样度过：当他回忆往事的时候，他不因虚度年华而悔恨，也不因碌碌无为而羞愧，在临死的时候，他能够说："我的整个生命和全部精力，都已献给世界上最壮丽的事业——为人类的解放而斗争。"

向科学进军，博览群书，全面发展，在班上各门功课争第一，为父母亲争光，为自己人生增辉是我高中勤奋学习的原动力。在高中三年，我分别被评为武汉二中好团员、好干部和优秀学生。

1) 任国周同志经本总支委员会评为学习刻苦踏实，学习优异，能够积极提高思想，努力锻炼身体，热心完成一切任务的好团员。

2) 任国周同志经本总支委员会评为善于支配时间，学习一贯优异，工作一贯积极的好干部。

  3) 任国周经本校评为本学年度优秀学生。

1958年7月高中毕业，武汉二中保送我升入清华大学。在清华大学，我学习的原动力升华为为父母亲争光，为祖国增辉的新阶段。自强不息，厚德载物。入了党，又以优秀成绩毕业，迈入中国航天国防科研战线。

我在航天科研战线上，三次立功：

  1) 任国周同志近年来在完成国防科研生产为中心的各项任务中成绩显著，特荣记三等功。
  2) 任国周同志在YJ-83型号定型飞行试验中成绩显著，荣记二等功，特发此证。
  3) 任国周同志在奥运火炬燃烧系统研制及技术保障工作中，成绩显著，荣立个人一等功。特发此证。

我亲爱的母亲于1972年去世，享年72岁，父亲于1985年去世，享年85岁。他们都没有亲眼看见我研制的鹰击导弹威震海疆的研究成果，获奖证书和立功喜报，没有看见2008年北京奥运会在珠穆朗玛峰上燃烧的火炬，更没有分享到儿子给父母带来的幸福和荣耀。

直到2015年清明节，纪念父母亲诞辰115周年，我和国海弟在父母坟上举行一个仪式，把由我主编的那本鱼坡一支任氏族谱，我获得的全部立功证书，获奖证书，优秀党员证书，专利证书和奖章，全部供奉在墓前，我高声朗读了《我的前半生》和《一个孝字大于天》两首诗，作为我向父母亲在天之灵的汇报，安慰父母在天之灵的心！

  淇澳乳汁哺育少年英才，武汉二中立志求真致远。
  清华大学铸成厚德载物，中国航天奋斗四十六年。
  国防科研做出三大贡献，三型导弹威震碧海蓝天。

航天科技荣获六项成果，科研试验荣记三度功册。
核心期刊发表论文九篇，国家专利拥有两项授权。
北京奥运传递圣火珠峰，中央电视展现艺术人生。

任国周

2016年11年18日于北京时代庄园

2018年2月25日审定于北京时代庄园

赵瑞湘工作成果获奖情况照片集

1. 赵瑞湘主要获奖证书

赵瑞湘俄语讲演比赛第一名证书

赵瑞湘高级工程师证书

赵瑞湘三等功证书

赵瑞湘主要获奖证书

为表彰在科学技术进步中作出重大贡献者，特颁发此证书，以资鼓励。

获奖者：赵瑞湘

获奖名列：第贰名

获奖项目：航天与导弹推进技术研究的新进展与发展趋势

获奖日期：一九八九年十二月三十日

获奖等级：贰等

赵瑞湘航天部科技进步奖证书

证　书

赵瑞湘同志

在国家重点武器装备 DH-10 型号导弹研制工作中，成绩显著，荣获方案阶段工作贡献三等奖，特发此证。

一九九九年三月十三日

赵瑞湘航天部三院科技奖证书

赵瑞湘航天部专业情报网优秀网务工作者证书

赵瑞湘航天部专业信息协会先进工作者证书

赵瑞湘主要获奖证书

2. 赵瑞湘九年九去俄罗斯引进某项高科技项目

赵瑞湘 1992 年 8 月于莫斯科

赵瑞湘 1993 年 9 月于鄂木斯克

赵瑞湘1996年5月于莫斯科

赵瑞湘1997年9月于莫斯科

赵瑞湘九年九去俄罗斯照片

赵瑞湘九年九去俄罗斯照片

赵瑞湘 1995 年 9 月于莫斯科

赵瑞湘1996年9月于莫斯科

赵瑞湘1997年2月于莫斯科

赵瑞湘九年九去俄罗斯照片

赵瑞湘九年九去俄罗斯照片

赵瑞湘 1997 年 9 月于莫斯科

赵瑞湘1998年11月于莫斯科

赵瑞湘2000年3月于鄂木斯克

赵瑞湘九年九去俄罗斯照片

3. 赵瑞湘翻译（与他人合作）出版的两本科技专著照片

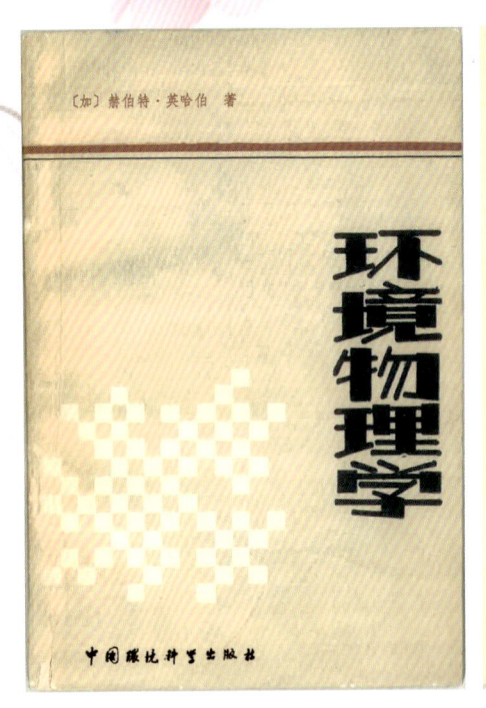

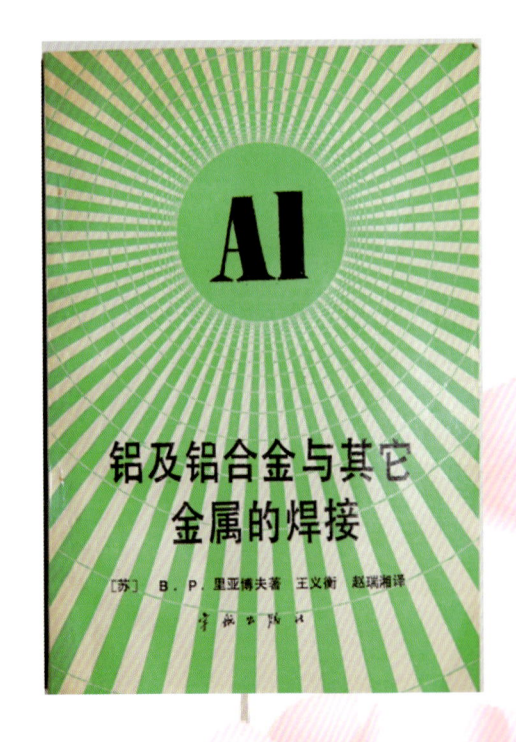

环境物理学
〔加〕赫伯特·英哈伯 著
任国周 赵瑞湘 译
中国环境科学出版社
1987

Al 铝及铝合金与其它金属的焊接
〔苏〕B.P.里亚博夫著　王义衡　赵瑞湘译
冶金出版社

4. 赵瑞湘在天水市二中的十二幅绘画习作照片

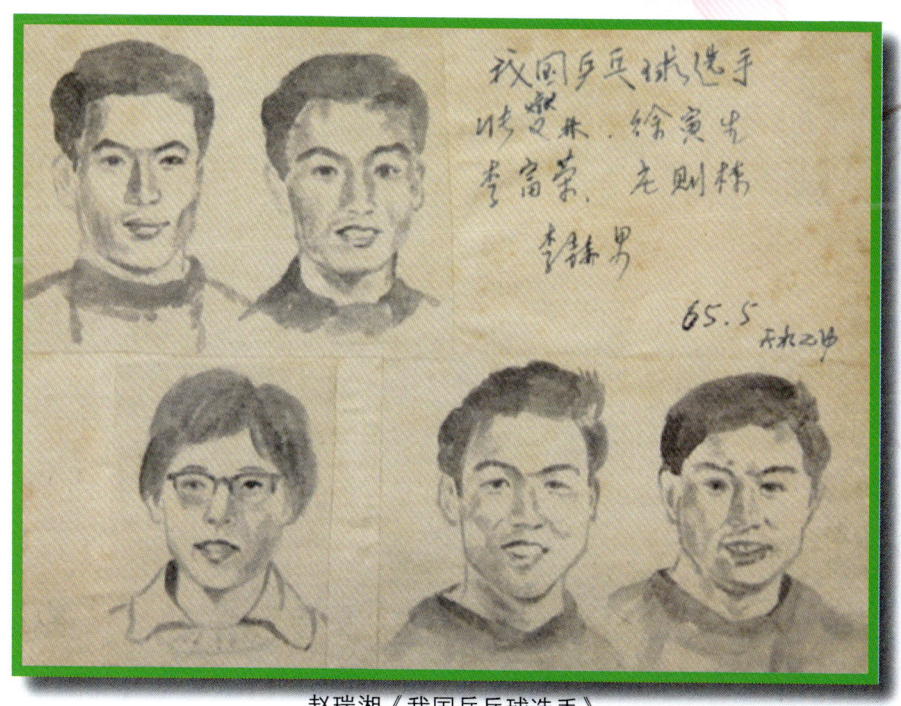

赵瑞湘《我国乒乓球选手》

赵瑞湘《九术影》

赵瑞湘十五幅绘画习作

赵瑞湘《春妮 老班长 指导员》

赵瑞湘《花枝》

赵瑞湘《取水》

赵瑞湘《育苗》

赵瑞湘十五幅绘画习作

385

赵瑞湘十五幅绘画习作

赵瑞湘《秧苗青青》

赵瑞湘《工地小喜鹊》

赵瑞湘《谈心》

赵瑞湘《王杰同志》　　赵瑞湘《劳动间隙》

赵瑞湘《英雄的南越人民》

赵瑞湘十五幅绘画习作

赵瑞湘十五幅绘画习作

赵瑞湘《送茶》

赵瑞湘《向北方报捷》

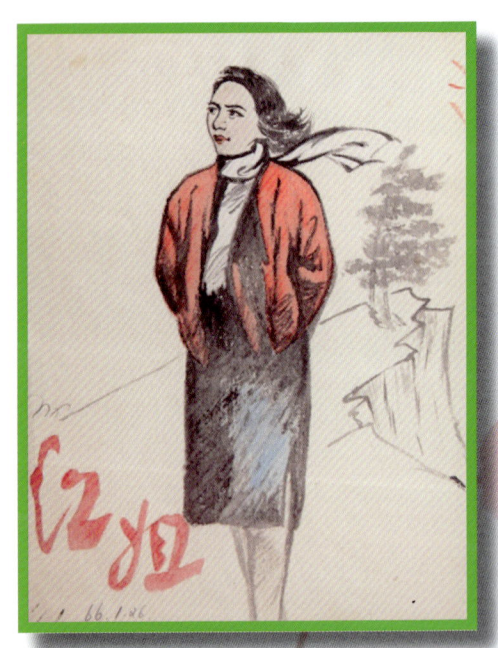

赵瑞湘《江姐》

任国周科研成果获奖情况照片集

1. 任国周主要证书及获奖证书

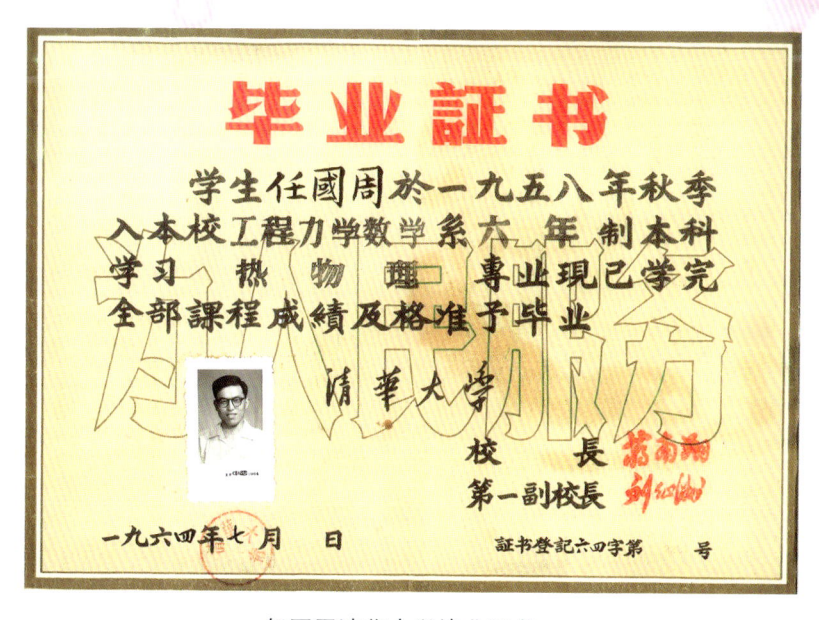

任国周清华大学毕业证书

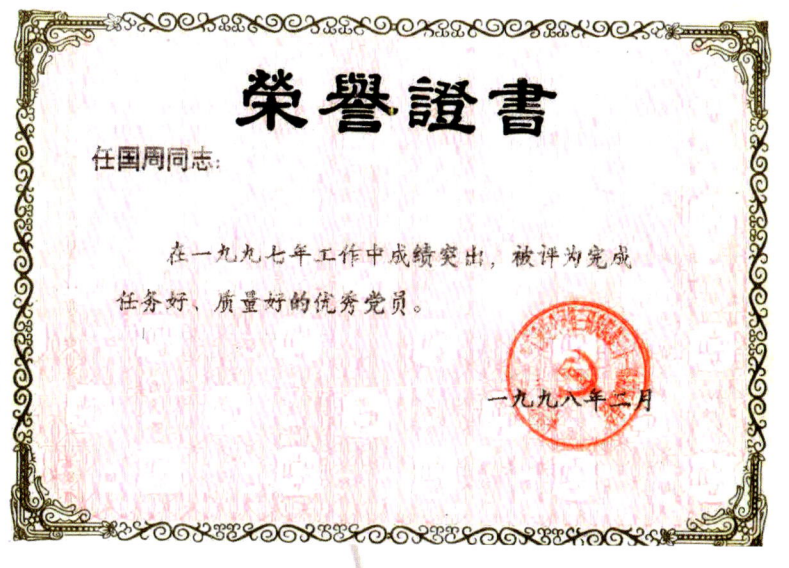

任国周中共优秀党员证书

任国周主要证书及获奖证书

任国周武汉二中好团员证书

任国周武汉二中团的好干部证书

任国周武汉二中优秀学生证书

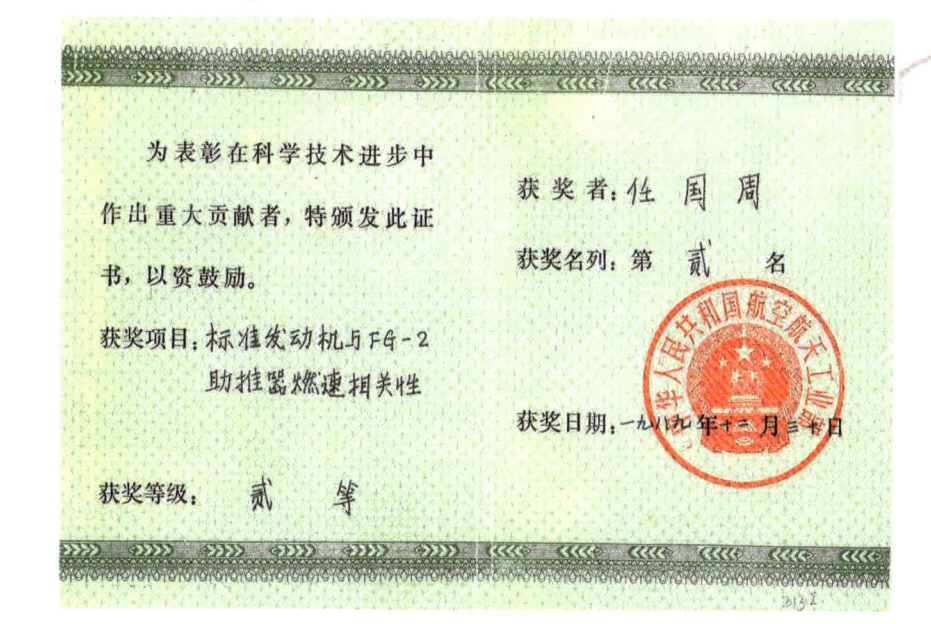

任国周航天部科技进步奖证书

任国周航天部科技进步奖证书

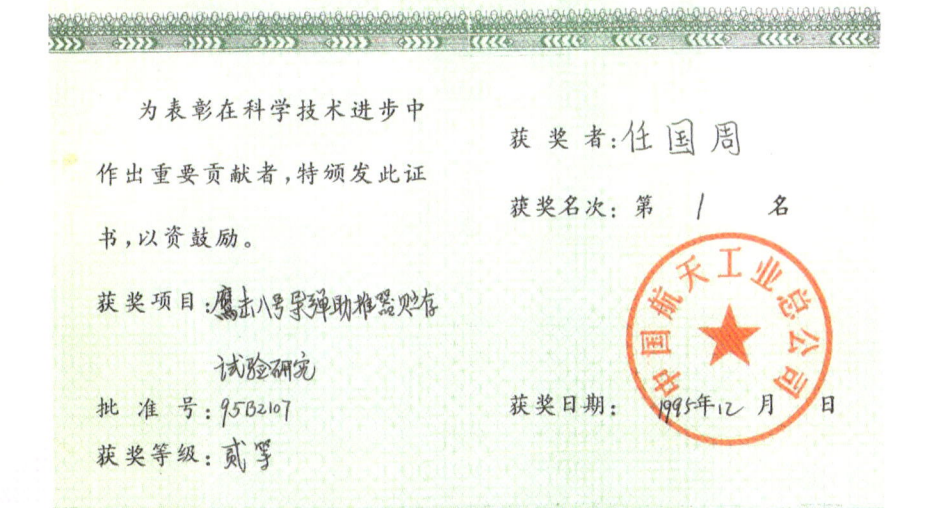

任国周主要证书及获奖证书

任国周航天部科技进步奖证书

任国周航天部科技进步奖证书

国防科学技术奖荣誉证书

为表彰在推动国防科学技术进步、对国防现代化建设作出突出贡献者,特颁此证,以资鼓励。

获奖项目:H/AJJ83 型导弹 FG-6A 助推器研制

获 奖 者:任国周

获奖等级:三等奖

获奖日期:二〇〇一年十二月

No. 2001GFJ3173-1

任国周国防科学技术奖证书

北京市科学技术奖

为表彰在推动科学技术进步、对首都经济建设和社会发展作出贡献者,特颁此证,以资鼓励。

获奖项目:北京2008奥运会珠峰火炬系统研制

获 奖 者:任国周

获奖等级:贰等奖

二〇〇九年十二月

No 2008工-2-001-05

任国周北京市科学技术奖证书

任国周主要证书及获奖证书

荣誉证书

任国周 同志近年来在完成国防科研生产为中心的各项任务中成绩显著,特荣记三等功。

望谦虚谨慎,戒骄戒躁,继续努力,争取更大光荣。

一九八九年八月四日

任国周三等功证书

证 书

任国周 同志

在YJ-83型号定型飞行试验中成绩显著,荣记 二 等功,特发此证。

一九九九年一月二八日

任国周二等功证书

任国周主要证书及获奖证书

任国周同志：

在奥运火炬燃烧系统研制及技术保障工作中，成绩显著，荣立个人一等功。

特发此证。

中国航天科工集团第三研究院
THE THIRD ACADEMY OF CHINA AEROSPACE SCIENCE & INDUSTRY CORP.

荣誉证书

二〇〇八年七月

任国周一等功证书

任国周 同志从事国防科技事业二十五年，为国防现代化建设作出了贡献，特颁发"献身国防科技事业"荣誉证章，以资鼓励。

中华人民共和国 国防科学技术工业委员会

编号：

一九八八年十月一日

任国周献身国防科技事业证章

任国周主要证书及获奖证书

395

任国周主要证书及获奖证书

任国周国防科学技术奖章

任国周研究员证书

H/AJJ83（YJ-83）导弹设计定型留念 2000.1.18 北京

前排左九为黄瑞松、左十五为姚绍福、二排左十二为任国周

任国周、赵瑞湘译

任国周著

2. 任国周北京 2008 年奥运会火炬研制情况照片

2008 年 5 月北京科技周照片

2008 年 5 月 17 日北京科技周在中国科技馆开幕。

全国人大常委会副委员长韩启德、科技部部长万钢和北京市领导参观"科技点燃圣火，创新圆梦中国"主会场展馆。

中国航天科工集团资产运营部时旸部长、叶中元研究员、任国周研究员应邀参加科技周开幕式。向国家领导人介绍奥运火炬研制情况。在主展馆现场展示了中国航天科工集团研制的祥云珠峰火炬、珠峰火种灯、高原火种灯、引火器和祥云地面火炬燃烧系统的真品。

左起为时旸、叶中元、任国周

左二为北京市领导在参观

左起为时旸、叶中元、张处长、任国周

北京奥运会火炬研制情况照片

任国周

CCTV-3"艺术人生"奥运火炬特别节目

2008年7月12日晚上，应邀参加中央电视台CCTV-3，朱军主持的"艺术人生"奥运火炬特别节目录制。

中国航天科工集团的刘兴洲院士、高炳新副总指挥、邵文清副总设计师、任国周研究员、撒世国总工艺师作为台上嘉宾展示航天人精神面貌，并与联想集团的嘉宾同台进行火炬接力，传递2008年北京奥运会祥云火炬。

左起为朱军、刘兴洲、高炳新、邵文清、任国周、撒世国

左起为刘兴洲、邵文清、任国周、撒世国

"艺术人生"奥运火炬特别节目

北京奥运会火炬研制情况照片

北京联想—航天科工祥云火炬设计团队，右二为任国周

前排左起为刘兴洲、叶中元，后排左起为柳发成、任国周、邵文清

2008年8月任国周在三部大院

2008年8月牛余涛、任国周在48号楼

北京奥运会火炬研制情况照片

北京奥运会火炬研制情况照片

前排左起持花人：蒋立君、任国周、朱家元、刘兴洲、谭邦治

前排右起一等功获得者为刘兴洲、薛亮、谢海波、邵文清、任国周、叶中元、高炳新、刘杰

航天科工珠峰火炬研制团队，前排左五为宋欣，左八为刘兴洲，后排左十为任国周

北京奥运会火炬研制情况照片

3. 北京奥运会火炬成果推广应用照片

（1）广州第十一届亚运会

左起为郑教授、洪华、晓艾、任国周

2009年9月14日，北京科技大学洪华教授、郑教授与任国周、李超做客北京网易官方网站的亚运会客厅。由主持人晓艾小姐主持北京科技大学设计团队之"潮流"火炬与清华大学设计团队的"进取"火炬及其配套的燃烧系统在网上角逐，争取网民投票支持。竞逐广州第十一届亚运会火炬，最终"潮流"火炬设计团队胜出。

左起为郑教授、工作人员、洪华、晓艾、任国周、李超

任国周介绍2008年北京奥运会祥云地面火炬燃烧系统获得
国家发明专利一项，新型实用专利两项

北京奥运会火炬推广应用照片

（2）中国空军胜利之火长明火炬

中国航天科工集团应中国空军之委托，由航天科工原奥运会火炬设计团队之邵文清、任国周、牛余涛、覃正、戚磊负责设计位于北京小汤山的中国空军中国航空博物馆胜利广场上的胜利之火长明火炬。该项目经过试验验收和性能鉴定合格。2011年11月11日，由中国空军司令员许其亮上将亲自点燃。

任国周与中国空军中国航空博物馆广场胜利之火长明火炬

4. 向武汉二中和清华大学百年校庆赠书照片

清华大学图书馆收藏证书

任国周向清华大学校办原副主任钱锡康教授赠书

清华百年校庆

任国周向武汉二中董校长（左三）赠书

2011年4月清华百年校庆，力404班，前排左二为任国周

2014年4月清华毕业50年返校，力404班，前排左四为任国周

5. 河南淇县高村乡罗鱼坡村老宅

河南淇县老家

先父任长安之老宅。原本是北屋和西屋，现宅院经过1963年和1999年两次改建和加固

先父任长安在1960年12月汤阴县报上的先进模范事迹报道

任国周书法作品获奖情况照片集

1. 主要参展书法作品获奖情况

这两件作品于 2016 年参加航天三院三十一所书画展，荣获优秀奖。

奥運火炬上珠峯航天科工受
重命颯爽英姿主力軍老驥伏
櫪保成功萬事起步路不平方
案論證下苦功精心設計多試
驗奧運聖火展雄風

北京二〇八年奥運集聖火二〇〇六年八月簽文委托中國航天科工研製
珠峯文炬系統承担主設計師任國周書於北京華山

中國航天六十年鷹擊導彈震
宇寰精確打擊顯威力震撼西
太保國安鷹擊八號創業難八
四閱兵小平觀航天精神令在
手高超能破島鏈開

慶祝中國航天成立六十周年試詩一首鷹擊導彈鋼
鐵記孟文周創未榮丙申年夏月任國周書於華山

书法作品获奖情况照片集

荣誉证书

任国周同志：

在2015年航天三院老年书画研究会年
终书画展中，你的书法作品被评为进步奖。

特发此证 以示鼓励

二〇一六年二月二十六日

这两件作品于2016年参加中国航天三院书画展，获进步奖。

书法作品获奖情况照片集

庆祝抗日战争胜利七十周年感怀

七月七日睡狮醒　殺敵何人計
死生銅墻鐵壁人　鑄就揮刀劈
寇留英名同仇敵愾戰東瀛
華兒女建奇功慶祝勝利七十
年滿懷憂憤尚難平

歲在乙未年荷月航天科工三院任國周詩并書於北京雲山

荣誉证书

任国周同志：

在来广营地区"纪念反法西斯战争胜利70周年"书画作品展中，荣获书法作品优秀奖。特颁此证。

来广营乡（地区）文化服务中心
2015年10月

本作品于2015年参加北京市朝阳区来广营地区纪念抗战胜利70周年书画展，获优秀奖。

书法作品获奖情况照片集

偉大的倡議 偉大的創舉

一帶一路 永閃光輝

歲在丁酉年夏北京時代莊園杜國周書

天高地厚父母恩 千言萬語根連根
父母在時家就在 老人安康兒歡欣
中華美德血脈傳 堅持孝道國安泰
一個孝字大于天 世代相傳永不衰

慶祝朱·康營地居敬老愛老書畫展圓滿成功
歲在丙申年夏月時代莊園長園周撰書

这两件作品分别在 2016 年和 2017 年经初评两次入围参加北京市朝阳区书画展。

铭记历史缅怀先烈
珍爱和平开创未来

庆祝抗日战争胜利七十周年北京阅兵主题

岁在乙未年兰月龙天科工三院任国周书于北京云山

本作品2015年10月参加北京纪念中国人民抗战胜利70周年书画展，入选《中国当代书画名家艺术作品集》第67页。

书法作品获奖情况照片集

2015年10月第八届中国重阳书画展（郑州赛区）现场创评作品获银奖，并推荐加入中国老年书画研究会会员。作品入选《2015卷·当代书画家名录》，第038页。

书法作品获奖情况照片集

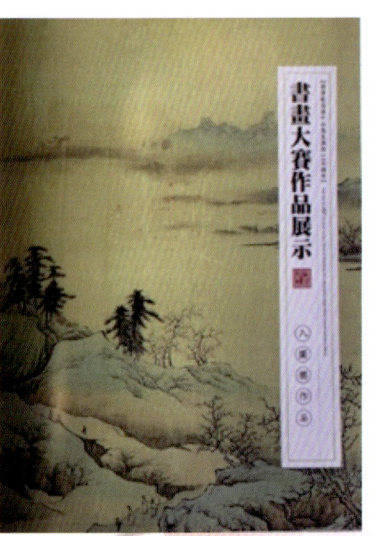

願乘風破萬里浪
甘面壁讀十年書

孫文詩句 紀念孫中山誕辰一百五十週年 丙申夏任潤月敬書

本作品2016年10月参加香港纪念孙中山先生诞辰150周年书画大赛，获入围奖，入选《书画大赛作品集》，第362页。

南湖建党永不忘 沧桑风
雨狂 井冈星火燎大地 北京五
星红旗扬 惟有一党公心在 才
有亿民洪福长 圆梦中国当己
任 担教中华更辉煌

庆祝中国共产党成立九十五周年赋诗一首 党颂
兼记历史仰陈先烈 缅怀 丙申夏 任国周书

本作品2016年10月参加第三届"中国六艺杯"中国北京国际书画名家交流展（国家会议中心），获银奖，并获得"中华当代终身成就艺术家"荣誉称号。作品入选《中华当代书画珍品典藏》，第122页。

书法作品获奖情况照片集

2016年10月参加第三届"中国六艺杯"中国北京国际书画名家交流展（国家会议中心），获银奖，并获得"中华当代终身成就艺术家"荣誉称号。

书法作品获奖情况照片集

2017年9月参加第十届中国重阳书画展（山东临沂赛区）现场创评作品获银奖，入选《2017卷当代书画家名录》。

书法作品获奖情况照片集

本作品 2017 年 5 月参加庆祝香港回归二十周年暨第五届"金紫荆杯"书画名家国际交流展，获金奖，并获"中华当代书画先锋人物"荣誉称号，中国六艺嘉韵书画艺术研究院院士和书法作品润格证书。作品入选《盛世中国当代书画名家大典》，第 127 页。

任国周获"中华当代书画先锋人物"证书、中国六艺嘉韵书画艺术研究院院士和书法作品润格证书。

书法作品获奖情况照片集

任国周荣获2018年上海国风书画院桂林交流展金奖

上海辛动美术 国风书画院

"艺术中国，师生书画万里行" 桂林交流展
邀请函

尊敬的任国周老师：

　　恭喜您！

　　经"艺术中国，师生书画万里行"全国师生书画摄影展组委会专家评审团的选拔，您的作品以较高的艺术水准脱颖而出，荣获 2018 年全国师生书画摄影展＿＿金＿＿奖，特此通知，谨致祝贺！

　　作品编号：0050　　　　任国周　　　书法

　　"艺术中国，师生书画万里行"全国师生书画摄影展是由上海国风书画院、上海辛动美术国学艺术会展中心主办，合肥博帮贸易有限公司赞助，中国红十字会、中国残联基金会协办，央视书画频道、桂林电视台等各大媒体将进行现场报导的一场书画交流盛宴。此次书画摄影展将在景色秀美的桂林举行。

2. 书法作品获得社会效益照片

2015年，为"中华大家园"捐赠书法作品，任国周荣获中国关心下一代工作委员会公益文化中心之感谢状（牌）

2018年3月任国周荣获中共时代庄园社区总支委员会、时代庄园社区居民委员会的嘉奖证书

3. 参加的书画协会

北京市朝阳区来广营地区书画协会会员
中国航天三院老年书画研究会会员
北京市老年书画联谊会会员
中国老年书画研究会会员
中国北京六艺嘉韵书画研究院院士